dirigée par
Gilbert La Rocque

Gilbert La Rocque

LE PASSAGER

roman

QUÉBEC/AMÉRIQUE

450 est, rue Sherbrooke, Suite 390
Montréal, Québec H2L 1J8
Tél.: (514) 288-2371

A430953

Du même auteur

Le Nombril, roman, Éditions du Jour, 1970.
Corridors, roman, Éditions du Jour, 1971.
Après la boue, roman, Éditions du Jour, 1972.
Serge d'entre les morts, roman, VLB Éditeur, 1976.
Le Refuge, théâtre, VLB Éditeur, 1979.
Les Masques, roman, Québec/Amérique, 1980.

PROLOGUE

À vrai dire, il n'y pensait plus très souvent... Le souvenir de cette sale histoire lui fichait parfois la paix durant des mois, puis, subitement, sans raison apparente, la mécanique infernale se déclenchait toute seule et tout lui sautait en pleine face... Une sorte de spasme de la mémoire, on aurait dit — en tout cas, quelque chose se décollait bel et bien du fond de lui et se mettait à grouiller, des cellules de temps mort venaient crever comme des bulles à la surface d'un lac empoisonné, et il pouvait distinguer les images d'autrefois, la cage et l'oiseau jaune, sa chambre d'enfant avec sa fenêtre donnant sur les hangars de tôle ondulée, les escaliers de bois gris et les cordes à linge de la ruelle, il entendait nettement la voix aiguë de sa mère qui à bout de nerfs criait dans la cuisine où ça puait le beurre en train de brunir dans la poêle, et il voyait surtout son père qui rentrait du travail et qui titubait dans le corridor et heurtait les murs en rotant sa bière puis disparaissait dans le salon, dans

10   LE PASSAGER

l'obscurité grasse du salon où il faisait tinter les
bouteilles...

Mais il refusait généralement de se rappeler ces
choses — ou du moins il essayait... Pourtant, c'était
là ; il avait beau se détourner, ça ne changeait rien, il y
avait — implacablement, inexorablement, dans l'éternité immédiate de la mémoire —, il y avait autrefois
cette cage avec le canari que sa marraine la tante
Jeanne lui avait donné pour ses sept ans, ils avaient
mis ça dans un coin de sa chambre et l'enfant Bernard
pouvait nourrir lui-même l'oiseau, le matin en s'éveillant
il allait vite enlever la serviette de sur la cage et le
canari se mettait bientôt à chanter... *fais-y bien attention*,
disait sa mère, *si tu le soignes pas comme il faut il va
mourir*... alors bien sûr il s'en occupait, quasiment
maniaque, persuadé que jamais au grand jamais il
n'avait possédé ni ne posséderait rien de plus précieux,
c'était comme une lumière nouvelle qui éclipsait tout
le reste et il se sentait bien, même son père et sa mère
ne lui apparaissaient plus que comme de lointains
ectoplasmes ah oui tout était parfait !... mais une nuit
il eut encore peur, voilà que ça le reprenait, il n'arrivait
pas à dormir il voyait des formes immondes dans les
ténèbres de sa chambre et il aurait voulu qu'on
allume une veilleuse, *j'ai peur*, appela-t-il plusieurs fois
sans vraiment oser crier, *je vois des choses j'ai peur*, et il se
mit à geindre dans son lit, alors il y eut du bruit de
l'autre côté de la cloison, le lit de ses parents grinça
puis Il marchait dans le corridor et soudain Il était là
dans la porte de sa chambre, l'enfant ne le regardait
pas car il avait enfoui sa tête sous les couvertures
mais il pouvait l'entendre respirer, puis son père rota

et dit d'une voix pâteuse *tu peux pas fermer ta maudite gueule qu'on dorme ?* ah oui il était ivre comme un cochon et l'enfant Bernard pensait *au secours au secours !* en écrasant ses mains sur sa bouche pour ne pas hurler mais il n'arrivait pas à s'empêcher tout à fait de gémir, et voilà que sans transition, sans qu'il eût fait craquer la moindre latte du parquet, son père était debout juste à côté de son lit il entendait sa mauvaise respiration sifflante au-dessus de lui et brusquement son père arracha la couverture et cria *mais vas-tu fermer ta crisse de gueule !* et ses mains frappaient, ça faisait mal sur ses fesses et sur ses cuisses ça chauffait comme feu d'enfer mais il ne pleurait pas, pas encore, de toute façon ce n'était pas la première fois que cette chose épouvantable lui arrivait, il connaissait bien les mains osseuses, dures et froides de son père, et quand ce fut fini et qu'il sentit qu'il était de nouveau seul dans sa chambre il se releva et étendit soigneusement sa couverture sur le lit, puis il se recoucha en ravalant ses larmes, et il murmurait comme une litanie furieuse *j'vas te tuer ! j'vas te tuer ! j'vas te tuer !...* et lorsqu'il rouvrit les yeux le matin coulait doré sous son store et il s'assit au bord du lit, il avait la tête lourde mais à ce moment il ne le haïssait plus, il pouvait encore penser à son père sans que son cœur se mette à battre plus vite, alors il enleva la serviette de sur la cage et le canari s'agita tout tremblant dans ses plumes jaune pâle et il se mit à chanter tandis que l'enfant s'habillait, mais au bout de quelques secondes Bernard laissa tomber son soulier, marcha vers la cage et cria *vas-tu te taire !* quelque chose l'exaspérait, il ne savait pas quoi, ça lui faisait mal à l'intérieur, et il cria encore *ferme ta gueule maudit oiseau sale !* et il ouvrit la

cage, dans sa main l'oiseau n'était qu'un frémissement
tiède et doux, et l'enfant serra il serra de toute sa
force jusqu'à ce qu'il eût mal dans les jointures et il
ferma les yeux, pris d'un énorme tremblement qui le
secouait tout entier — sa mère était penchée sur lui
et elle criait *mon Dieu Seigneur mais qu'est-ce que t'as fait là
c'est épouvantable va le jeter dans la poubelle asteure ah oui tu
peux bien pleurer tes larmes de crocodile tu mériterais que je le
dise à ton père !* mais il entendait à peine et même, d'une
certaine façon, il n'entendait pas du tout, la voix
flottait autour de lui sans le pénétrer car il était tout à
coup devenu comme hermétique, il se sentait tout
embrumé à l'intérieur comme la fois qu'il avait fait
cette grosse grippe avec des flambées de fièvre, c'était
comme s'il avait eu la tête bourrée d'ouate, de sorte
que tout lui paraissait irréel et lointain, et cela dura
jusqu'à ce qu'il sorte dans l'hiver féroce qui ventait
sifflait poudrait (*on voit ni ciel ni terre*, dit sa mère, *mets
ton foulard sur ta bouche ou la poudrerie va t'étouffer*), dans le
fouettement furieux du vent glacé qui lui flanquait
en plein visage des paquets de neige sèche qui lui
cinglait les joues et lui piquait les yeux, tandis qu'il
restait là, sur le balcon, le souffle coupé, voyant sans
vraiment la voir la tempête qui balayait la cinquième
avenue et noyait dans un gigantesque brassage blanc
l'école Brébeuf réduite à une vague tache rougeâtre
et l'église Sainte-Philomène dont le clocher tronqué
n'était plus qu'un trou gris creusé à même le ciel et la
neige tourbillonnante, et ce fut en descendant l'escalier
tournant qui résonnait sous ses pieds, fustigé de tous
côtés par cette folie blanche, qu'il se réveilla soudain,
pour la seconde fois ce matin en fait, et revint à lui
comme quelqu'un qui sort d'un évanouissement, d'un

seul coup cela lui déferla en plein cœur, il revit
subitement l'oiseau et il sentit dans sa main le petit
corps broyé et il dut s'arrêter sur le trottoir parce
qu'il lui venait une atroce nausée — quelque chose se
brisait et s'émiettait en lui, ça faisait très mal, il aurait
voulu être mort...

Même à présent, après tout ce temps, la douleur
ne s'était pas calmée : pas exactement calmée, mais
plutôt diluée, dispersée, avec des élancements aussi
violents mais moins fréquents — et il pensait de
moins en moins souvent à cela, même dans la nuit,
même dans le noir écrasant de la nuit quand il ne
dormait pas et que des pans entiers de son passé lui
déboulaient dessus jusqu'à l'étouffer, l'obligeant à se
relever pour aller boire un verre d'eau ou pour lire un
peu en attendant que ça passe, que son corps se
ramollisse de nouveau et qu'il puisse croire qu'il allait
dormir (manœuvres dérisoires pour faire comme si la
substance même de ses souvenirs n'avait jamais existé,
comme si tout son passé avait pu sombrer dans le
néant, comme s'il n'était pas né comme n'importe qui
mais était apparu instantanément il y a quelques
secondes, sans racines et sans mémoire, se matéria-
lisant dans le présent comme par génération spontanée, surgi par un caprice des lois naturelles, sans
rien qui traîne derrière lui comme bave d'escargot...)
En réalité, s'il avait eu le choix, peut-être aurait-il
voulu ne conserver qu'un seul souvenir. Un seul,
c'était bien assez... En tout cas, il lui arrivait encore
souvent de revoir telle qu'elle était la maison de son
grand-oncle, la vieille maison d'Émilien sur le mont
Saint-Hilaire, où il avait vécu ces trois merveilleuses

journées, loin de ses parents, tout seul avec lui,
Émilien, qui était alors au début de la soixantaine,
mais que la mémoire avait accommodé à sa façon, si
bien que Bernard s'en était toujours souvenu comme
d'un grand vieillard maigre et un peu voûté : ce qu'il
était devenu dans la réalité, le grand-oncle, sans
doute nonagénaire à présent, vieux à ne pas croire
mais bien vivant, ça oui ! il le savait car il l'avait
aperçu l'été dernier qui marchait dans son potager, à
côté de la maison de pierre qui était restée telle
qu'autrefois... Liliane et lui roulaient dans la montagne.
La Renault 5 déglinguée s'essoufflait dans les côtes, il
fallait prendre des élans prodigieux pour réussir à
monter, mais elle avait bien voulu conduire lentement
pour le laisser voir à son aise le vieux qui était là dans
le jardin, on aurait bien dit sorti directement de sa
mémoire, apparemment indestructible, aussi impé-
rissable que le souvenir qu'il en avait. Son cœur
battait fou dans sa poitrine, c'était inespéré et en
même temps effrayant, il regardait le vieillard et la
maison, les coudes appuyés sur la portière dont la
vitre était baissée, il regardait cela avec la bizarre
impression de regarder à l'intérieur de sa propre tête,
à travers des couches épaisses de temps, de tendresse
et de douleur, tandis que l'air chaud et odorant de
l'été glissait sur son visage et qu'il sentait monter
derrière ses yeux quelque chose qui ressemblait fort à
une envie de pleurer... Mais il n'avait pas osé s'arrêter,
continue, avait-il dit à Liliane, *pèse dessus, on s'en va...*
préférant passer tout droit et en quelque sorte fuir au
plus vite loin de cette apparition — poussé sans doute
par le même réflexe protecteur qui l'avait toujours
empêché depuis son enfance de rendre visite,

même une seule fois, au vieil Émilien, de peur probablement de profaner un paradis perdu et de violer un beau rêve...

Pourtant, il savait bien que c'était là une histoire tout à fait banale... Un dimanche d'été. Il faisait chaud ce devait être juillet. Ils étaient dans la Dodge, ses parents et lui, ils allaient rendre visite à l'oncle Émilien — en réalité l'oncle et parrain de son père... Il se souvient bien de cela... toute la lumière bleue du ciel en feu, l'odeur de cuirette surchauffée qui règne dans la voiture, la route sinueuse et cahoteuse qui grimpe au flanc de la montagne, puis, après ce tournant, la maison de pierre qui apparaît, avec sa clôture blanche et ses pins noirs... Et l'oncle les avait retenus à souper, mais c'était sa mère qui avait insisté pour préparer le repas — *laissez-moi faire, mononcle, vous êtes toujours tout seul, ça va vous faire du bien de manger quelque chose préparé par une femme, non non pas un mot, restez assis dans le salon, les hommes, moi je m'occupe de tout...*

Quand le soir commença à tomber et qu'ils parlèrent de s'en aller, l'enfant sortit en courant de la maison et, dans la lumière fausse qui éclairait obliquement les herbes folles qui s'ouvraient devant lui comme de l'eau, il alla se planter au bord de la route pour les regarder partir — car, après souper, son grand-oncle avait dit à son père : *Bernard va rester avec moi jusqu'à mercredi... tu dis que t'as affaire à Saint-Hyacinthe, tu le reprendras en passant... ça va me faire de la compagnie...* Mais l'enfant n'arrivait pas encore à y croire. Et même lorsque ses parents eurent franchi la planche branlante jetée par-dessus le fossé, puis qu'après les inévitables recommandations d'usage ils eurent pris place dans la Dodge rouillée — même après que la voiture se fut ébranlée dans une abondante fumée grise et qu'elle eut commencé de s'éloigner sur la route qui serpentait jusqu'en bas du mont Saint-Hilaire, il retint encore sa joie au fond de lui, refoulant de toutes ses forces son allégresse, croisant les doigts dans ses poches pour conjurer le sort et faire qu'il n'arrive rien à la dernière minute, frissonnant soudain dans la fraîcheur du soir d'été, sous le ciel beige et rose qui basculait dans le Richelieu tandis qu'un morceau de lune presque blanche émergeait du sommet de la montagne.

Il attendit un long moment comme ça, sans bouger, respirant à peine, voyant toujours du coin de l'œil, là-bas, dans la descente du chemin, les feux arrière de la voiture de son père qui n'étaient plus que deux lucioles rouges qui s'enfonçaient dans le brun du soir. Ça y est, pensa-t-il avec une sorte d'euphorie sauvage qui lui montait comme un piston dans la poitrine, ça y est ! Car, dans sa tête, il voyait son père et sa mère qui s'effaçaient dans le lointain, presque déjà hors de portée de mémoire, assis dans la vieille auto brimbalante, leurs faces molles tournées vers Montréal la poulpeuse qui, à cette heure, devait briller de son éclat équivoque, d'une lumière sale qu'ils ne pouvaient pas apercevoir encore, bien entendu, puisque la masse bleuâtre du mont Saint-Bruno, au loin, s'interposait entre eux et la mégapole, et ils roulaient dans les courbes du chemin qui les menait en bas, dans la plaine, se hâtant prudemment vers le logis sombre et étroit de la cinquième avenue, vers la caisse de bière toute prête à côté du fauteuil de son père et dont les

douze bouteilles ne suffiraient pas à étancher la soif
extravagante du petit homme pour le moment cramponné à son volant — il le voyait, il pouvait voir dans
sa tête la nuque étroite de son père, comme s'il avait
été assis sur la banquette arrière de la voiture et non
debout, mains dans les poches, au bord de cette route,
dans le soir qui tombait à présent à une vitesse folle,
et il pouvait voir aussi la tête de vadrouille, les
gorgonesques cheveux emmêlés de sa mère qui devait
déjà dodeliner à plein, sur le bord du sommeil,
anesthésiée presque instantanément par les trépida-
tions de l'auto. Il savait tout cela, ça faisait comme un
cinéma grandeur nature au-dedans de lui et il avait
une sorte de certitude que les choses devaient bien se
passer ainsi, à l'instant même, quelque part en bas de
la montagne... mais il n'osait pas encore se réjouir
tout à fait. Le pire était toujours possible, car ils
n'étaient pas encore très loin. La voiture pouvait
aussi bien reparaître tout d'un coup dans le tournant,
surgissant comme du fond d'un mauvais rêve, dans le
rugissement hargneux de son moteur, phares braqués,
fonçant droit sur la vieille maison du grand-oncle,
histoire de remettre les choses à leur place et, comme
qui dirait, de tirer un trait entre le rêve et la réalité
—*non non*, dirait son père en lui serrant broyant le
bras avec ses doigts maigres, *non, pas question de passer
trois jours icitte, envoye dans le char pis fais ça vite*, et sa mère
encore tout endormie lui passerait maladroitement sa
main rêche dans le cou et elle dirait *ç'avait pas de bon
sens, mon pitou, voyons donc, passer trois jours chez mononcle
Émilien ! ça va le fatiguer, et pis de toute façon on avait même pas
apporté ton linge ni ta brosse à dents ni tes vitamines Wampole,
te vois-tu dans trois jours d'ici ? mon Dieu Seigneur ! mais*

tu serais tout sale, t'aurais les dents toutes cariées, tu serais raide maigre, mon loup, non non mononcle le p'tit peut pas rester ce sera pour une autre fois, et alors son grand-oncle se serait dressé de toute sa taille et il aurait froncé les sourcils et il aurait dit *j'ai dit que je gardais Bernard avec moi et je vais le garder*, mais il n'aurait pas pu parce que l'enfant appartenait à ses parents comme un chien ou un chat, et la portière de la voiture aurait claqué derrière lui et cette fois ç'aurait été pour vrai qu'il aurait regardé leurs nuques se détacher en silhouettes grotesques sur l'éclairage de la route qui...

Alors il se tenait là, au bord du chemin qui dévalait vers la gauche la pente du mont Saint-Hilaire. Il gardait un pied sur la planche du fossé, sentant derrière lui — non plus son grand-oncle, qui était rentré, emportant avec lui son odeur de cigare et l'espèce de chaleur qui rayonnait de son long corps ossu et nerveux —, sentant seulement derrière son dos, avec la persistance, l'insistance réellement agaçante d'une personne qui vous regarde entre les omoplates, la rude maison de pierre qui semblait faire corps avec la montagne, mystérieuse et profonde comme les grottes que des bêtes humaines avaient habitées dans le fin fond des âges, cette maison où il allait pouvoir dans quelques instants pénétrer comme chez lui, sans même cogner ou sonner (d'ailleurs le bouton de sonnette était défectueux), autorisé par les circonstances à ouvrir la porte et à prendre d'une certaine façon possession des lieux...

Et voilà qu'il était vraiment tard. À présent, l'enfant était couché dans cette chambre qu'il ne connaissait pas, dans ce lit trop mou, avec des bosses dans le matelas, avec des couvertures trop épaisses et trop raides qui sentaient quoi ? quelque chose comme la laine et la naphtaline... Puis il était encore plus tard et il ne dormait toujours pas. De temps en temps, des phares d'auto projetaient un rai de lumière sur le mur, puis rien, le bourdonnement du moteur qui s'estompait, puis le silence spécial de cette maison, un silence qui avait la densité même des pierres de ses murs, un silence mat, qu'on avait l'impression de pouvoir prendre à pleines poignées et qui finissait par mettre des vrombissements dans les oreilles. Mais dans sa tête et dans son cœur il était heureux. Il ne pensait plus à sa chambre, dans le logis de Rosemont, à son lit dur et froid, aux cauchemars rouges et velus qui l'y attendaient parmi ses vêtements et ses jouets — abominations tapies dans son placard, horreurs immondes de ses nuits blanches où il pouvait entendre à travers la mince cloison son père manier des bouteilles de bière et roter dans le salon. (À ce moment-là, il vivait seul avec son père et sa mère, rejeton conçu et mis bas sur le tard, et déjà Jean-Paul et Julien avaient quitté la maison depuis deux ou trois ans — ils auraient secoué la poussière de leurs chaussures s'ils l'avaient osé ou s'ils y avaient seule-ment pensé —, ils étaient partis en claquant la porte à tour de bras tandis que son père chancelait dans le corridor avec des malédictions baveuses plein la gueule, puis Gilberte était partie aussi, un peu plus tard, elle avait plaqué un gros baiser sur la joue de l'enfant Bernard et elle avait dit à sa mère *si je meurs je vous le ferai savoir par des amis,* et voilà, tout le monde avait vidé la place, le laissant seul avec eux, dans l'ennui grisâtre de leur vie laide, dans les cauchemars fiévreux de ses nuits, tandis que son père faisait digdinguer ses bouteilles et que sa mère marchait interminablement dans la pénombre du couloir comme un fantôme flasque.) Non, il ne pensait pas à cela, le sommeil venait, tout commençait à se désagréger dans sa tête et il avait la sourde impression de s'enfoncer dans une piscine chaude comme un ventre, où quelque chose de lumineux et de puissant l'aimait et l'étreignait...

Les trois jours passèrent beaucoup trop rapidement, comme un rêve d'où il ne sortit, bien malgré lui, qu'au moment où son père vint le prendre comme convenu, le mercredi soir, en rentrant de Saint-Hyacinthe où il avait fait sa tournée de voyageur de commerce.

Et plus tard, dans la voiture, assis à côté de ce petit homme maigrichon au profil coupant qui était venu le ramasser chez son grand-oncle un peu comme on ramasse du linge sale ou des ordures, c'est-à-dire sans même lui adresser la parole ni le regarder — disant seulement *envoye on s'en va*, puis marchant vers l'auto vert bouteille avec la certitude que l'enfant le suivait docilement, sous le regard d'Émilien qui était resté sur le seuil pour les voir partir —, pris au piège dans cette vieille voiture qui s'enfonçait inexorablement dans le paysage et avalait les milles d'asphalte pour le ramener dans la morne et dure réalité de la vie à Montréal, tandis que les lumières commençaient à s'allumer le long de la route et que la montagne s'effaçait lentement derrière eux dans le soir, il ne gardait déjà plus, dans sa tête et dans son cœur, que le souvenir flou d'avoir vécu en quelque sorte hors du

temps, d'avoir traversé, durant ces trois jours, une
zone d'accalmie, un territoire sacré où rien ne pouvait
être laid ni banal... Et pourtant, il ne s'était rien passé
— ou du moins rien qui dût un jour mériter qu'il s'en
souvienne avec précision, aucun événement qui aurait
pu le marquer, rien qui ressortait de cette égalité des
jours et des nuits qui s'étaient succédé sans heurt,
dans la présence, la solidité et la chaleur tranquilles
de son grand-oncle —, il n'avait rien fait de plus que
ce qu'il aurait pu faire ailleurs dans d'autres circonstances : courir les champs avec des enfants du
voisinage, ou s'aventurer dans l'inquiétante pénombre
verte de la forêt qui grimpait jusqu'au faîte de la
montagne, un peu ivre quand même de toutes ces
odeurs nouvelles d'herbes hautes que le soleil de
juillet grillait, ces parfums épais qui montaient des
talles de framboisiers, des tapis d'aiguilles de pins ou
des mares à grenouilles (autre chose, en tout cas, que
les puanteurs de l'asphalte, tous les poisons, les gaz
délétères que l'air grisâtre de la ville charriait et qu'il
avait respirés depuis sa naissance, ces jours de
vacances torrides dans les ruelles où les détritus
fermentaient dans les poubelles, quand ces chaleurs
infernales faisaient sortir les rats des tourelles de
tôle, les grasses mémères se berçant flasquement
dans l'ombre avare des balcons et des fonds de cours
poussiéreux, chairs mollasses et suantes sous les
érables empoisonnés des parterres ou sous les ormes
qui n'étaient pas encore atteints de cette maladie qui
allait les emporter plus tard, toute cette déliquescence
qui pour lui s'était toujours appelée l'été : comme si la
chaleur seule — avec cette oisiveté spéciale et perverse
des grandes vacances où il n'y a rien à faire et où le

temps n'en finit plus de s'étirer, tandis que le père en camisole boit de la bière sur le balcon et que la mère s'envoie du Pepsi, bouteille par-dessus bouteille, dans les chaleurs sèches du repassage et les puanteurs graillonneuses de la popote qui de maison en maison et de logis en logis, de fenêtre en fenêtre se répandent dans la ruelle et s'unissent pour rendre l'air à peu près irrespirable —, comme si cela avait suffi à constituer une saison), ivre aussi de liberté, heureux sans vouloir se l'avouer directement de ne plus voir la face de son père et de sa mère... Mais dans un recoin caché de son cœur il les maudissait inconsciemment, il les avait depuis longtemps voués à une exécration totale, les abolissant et les niant sans même savoir qu'il le faisait, sans comprendre que quelque part au fond de lui il commettait le péché impardonnable entre tous : car il haïssait jusqu'à son propre sang et jusqu'à la semence même qui l'avait engendré et, par-delà le temps et la frénésie des géniteurs, il jetait à son insu l'anathème sur toute sa race et sur les molécules les plus infimes de ce qui persistait à s'appeler sa famille...

Il n'y avait rien eu de plus que cela, et ç'avait été suffisant pour remplir ces trois jours qu'il n'oublierait plus. Le lundi et le mardi soir, il était resté tout seul dans la maison, car l'oncle Émilien était gardien de nuit à Saint-Hyacinthe. C'est pourquoi, vers six heures trente, il sortait avec son thermos de café noir sous le bras et montait dans sa Plymouth quasiment préhistorique, un invraisemblable tacot, ce modèle carré à marchepied qu'il fallait démarrer à la manivelle, comme il en restait encore quelques-unes vers 1950,

une auto si vieille qu'on l'aurait prise pour la grand-
mère de tous les véhicules à moteur, cela pétant et
tressautant, prenant le chemin dans un vacarme de
ferraille brassée, ses tôles rongées lui claquant le long
des flancs comme des ailes de pingouin, crachant bleu
la fumée et brûlant l'huile comme une démone,
grinçant de partout, mais finissant tout de même par
disparaître au tournant... Et alors l'enfant s'enfermait
soigneusement comme le lui avait recommandé
Émilien, tournant deux fois la clé dans la serrure... et
brusquement il prenait conscience qu'il était seul,
tout seul dans le grand silence un peu étouffant de
ces pièces où même le son de sa propre voix résonnait
mal et semblait retomber à ses pieds, où il n'y avait
pas la radio, rien que le silence, auquel d'ailleurs
Bernard finissait par s'habituer. Il n'avait pas peur. Si
bien que, dans la pénombre, sous l'éclairage pauvre
des petites ampoules jaunâtres pendant au bout de
leur fil, il lui arriva de fouiller dans la maison,
ouvrant et refermant les tiroirs sans rien déranger,
regardant partout, fouinant avec précaution sous les
piles de vêtements qui sentaient le vieux et l'éternelle
naphtaline, s'attendant à trouver quoi ? — il ne savait
pas trop : peut-être les médailles militaires que son
grand-oncle était censé avoir rapportées d'Europe en
1918, ou bien un revolver, une baïonnette, ou
n'importe quoi, il ne savait pas et de toute façon il
s'en foutait. Tout était dans le plaisir de fureter, la
sensation presque érotique de poser un geste interdit,
le mystère qu'il créait de toutes pièces et dont il
avait besoin jusqu'à un certain point. Et quand il
avait sommeil il se mettait au lit. Puis, la nuit
l'engouffrait tout entier. Il n'émergeait qu'au matin

d'un tunnel noir, sans rêve et surtout sans cauchemar, dans l'odeur merveilleuse des œufs au bacon, des rôties sur le poêle et du café dont Émilien, qui venait de rentrer et qui prenait un petit déjeuner avant d'aller dormir, lui servait une pleine tasse comme à un homme. Il était là, assis de l'autre côté de la table de pin tout égratignée, taciturne et sans doute fatigué, mangeant avec énergie comme on s'acquitterait d'un devoir, levant de temps en temps le visage vers l'enfant pour lui cligner de l'œil, écoutant patiemment ses interminables bavardages, ne répondant pas beaucoup, grommelant ou riant au-dedans de lui-même en hochant la tête... Puis, un matin — c'était le mercredi, pendant leur dernier déjeuner —, Bernard dit quelque chose (il ne se rappela jamais exactement quoi, par la suite) et Émilien, s'arrêtant soudain de manger, le regarda droit dans les yeux et dit *mais mon pauvre enfant, ton père, c'est un trou d'cul!* Subitement, ce fut le silence qui tomba sur eux comme un coup de marteau. L'homme s'éclaircit la gorge, s'essuya la bouche et se leva, laissant presque tout dans son assiette. *C'est pas ça que je voulais dire*, fit-il à mi-voix en s'arrêtant à côté de Bernard et en lui caressant rudement les cheveux. *Pense plus à ça, je sais plus ce que je dis... Ton vieux mononcle est après virer fou.* Et il alla se coucher. Mais l'enfant sentait comme une trappe qui venait de s'ouvrir en lui et sous laquelle il entrevoyait d'épaisses ténèbres, une sorte de nuit hargneuse où il valait mieux ne pas se risquer... Il n'était pas vraiment offusqué, ni peiné, ni rien de tout ça : surpris seulement...

Et il avait beau regarder le profil pointu de son père, qui conduisait un peu penché sur son volant, ses grosses lunettes à monture d'écaille lui mangeant toute la face, il ne trouvait pas qu'il avait l'air d'un trou d'cul, ni de rien d'autre d'ailleurs. Il avait l'air de son père, c'était bien suffisant. Mais déjà cela n'avait plus beaucoup d'importance. Dans l'ineffable insouciance de la jeunesse, il avait pour ainsi dire remisé quelque part au fond de lui — sans doute avec cette abominable histoire de canari qui lui faisait encore lever le cœur — tout ce bloc de pensées et de souvenirs, comme un bagage secret qui pourrait toujours lui resserver plus tard (et même beaucoup plus tard, lorsqu'il serait devenu un homme et que la boucle se serait bouclée et que son destin se mordrait la queue, à un âge où il pourrait se souvenir de tout cela et même le comprendre, dans le varlopage, l'aplatissement de la perspective que sa mémoire et, plus simplement, le temps auraient alors exercés).

Ils s'arrêtèrent devant un petit hôtel le long de la route. L'enseigne du bar clignotait, son néon rouge en forme de flèche s'en allait au diable. Et son père lui dit : *Attends-moi dans le char pis bouge pas de là, as-tu compris ?* Dans la noirceur brunâtre qui était tombée, il vit le dos maigre de son père s'éloigner de la voiture. Puis la lueur rouge de l'enseigne fut sur lui et éclaira vaguement le côté de sa face, tandis qu'il tirait la porte de bois. Une flaque de lumière rose éclaboussa le gravier du terrain de stationnement, un moment il y eut du bruit, des voix confuses, on pouvait voir des ombres qui bougeaient dans la lumière fantomatique où stagnaient des nappes de fumée, puis la porte se referma sur son père et il n'y eut plus rien. Rien, c'est-à-dire l'immensité de la nuit et le ronflement des autos, là derrière, sur la grand-route. L'enfant regarda quelques secondes le mot BAR qui vacillait dans le noir. Puis il se laissa aller contre la banquette et ferma les yeux.

Quand il se réveilla, ils rentraient à Montréal ; ils achevaient de passer le pont Jacques-Cartier et les lumières de la ville étaient là, pour ainsi dire à portée de la main. Encore mal réveillé, tout grelottant, il bâilla et croisa les bras sur son ventre pour se réchauffer. Son père tourna le visage vers lui et demanda : *Es-tu réveillé ?* Mais ce n'était pas exactement une question ; il s'agissait plutôt d'un genre de constatation froide et dénuée de toute espèce d'intérêt. Son haleine sentait l'alcool, et l'enfant pensa malgré lui *popa sent la tonne.* Alors l'homme se tourna de nouveau vers lui, sans quitter tout à fait la route des yeux, et il dit : *Pas un mot à ta mère.* L'enfant hocha la tête, et son père reprit : *Pas un mot, as-tu compris ? — Oui,* fit Bernard. *As-tu bien compris ?* répéta son père en immobilisant la voiture au feu rouge. *Oui,* dit l'enfant, *j'ai compris.*

I

Comme il avait beaucoup trop bu et qu'il n'en avait pas l'habitude, tout se mit graduellement à tourner autour de lui. C'était sans remède et, à présent, il était un peu tard pour regretter... Ça dansait littéralement dans ses yeux et dans sa tête, tout ce cocktail, ce bruit, cette immense transpiration de deux ou trois cents invités, ça bougeait comme une eau sale, houlait et tanguait, de sorte qu'il se demanda s'il n'allait pas tomber tout d'un coup sur le parquet comme un épileptique en convulsions... Tout se brouillait. La voix de Paul Piette lui parvenait comme à travers des épaisseurs de laine minérale, se découpant à peine sur la rumeur sourde qui émanait de tous ces gens, ce bourdonnement, une sorte de nuage de voix qui roulait et s'enflait dans la grande salle, gigantesque zonzon de ces mouches en grappes agglutinées dans la touffeur presque démentielle où l'on mijotait comme dans une marmite...

— Tu vas voir, disait Paul un peu éméché lui-même, leur lauréat va encore être un hastie de morpion, comme l'année passée... Une tête à claques qui a accouché d'un torchon plein d'marde...

Mais Bernard l'écoutait à peine, ou en tout cas il l'écoutait mal. Il était incapable de concentrer son attention, bien sûr ; mais, surtout, il n'arrivait pas à comprendre comment il avait pu se laisser entraîner par Paul Piette à ce cocktail infect où l'on allait décerner le prix littéraire Lambert-Closse à quelque pauvre branleur de stylo... Et il se voyait tout poigné dans ce vaste brassage de peaux suantes et de cheveux mouillés, parmi les beaux messieurs et les belles médèmes venus se taper une lampée de culture entre un gin tonic et une bière tiède ; il sentait des rancœurs remonter en lui comme des renvois acides, car tout cela lui faisait un peu mal, cette célébration, ces prosternations devant une idole étronesque avec son prix Lambert-Closse étampé dans le cul, marqué au fer rouge sur la fesse comme veau au corral, ces coups d'encensoir à l'idée desquels il éprouvait une étrange gêne, un malaise, comme si on l'avait obligé à assister à quelque révoltante obscénité, à une scène de viol rouge avec des cris qui vous déchirent jusqu'aux moelles, à quelque chose d'abominable, un rite ignoble et monstrueux... Pourtant, se disait-il, il n'y avait pas de quoi se mettre tout à l'envers : juste le temps d'un verre ou deux encore, et ils pourraient foutre le camp...

À vrai dire, dans l'état où il se trouvait, une couple de verres de plus ou de moins pouvaient faire toute la différence... Il le savait bien, ou il le sentait... Et il regrettait vaguement de n'avoir pas gardé toute sa tête à lui, d'avoir commencé à s'en envoyer derrière la cravate avant même d'arriver au cocktail... Mais Paul Piette était venu le chercher bien trop tôt. Ils étaient descendus tranquillement jusqu'à la rue Sherbrooke dans la grosse Pontiac flambant neuve de Paul, qui dansait sagement sur sa suspension de grand luxe et qui sentait propre les cuirettes et les tapis épais comme ça, et alors ils avaient filé vers l'ouest et en un rien de temps ils étaient rue Crescent, où ça moutonnait plein les trottoirs, viandes plus ou moins emballées dans des tissus voyants, des filles avec des jambes à vous crever les yeux, des jeunes types tout bien mis pour draguer, tout ça grouillant dans les lumières hallucinantes des bars déjà allumées malgré le plein soleil qu'il faisait, dans les odeurs des restaurants, une vie qui jamais ne s'arrêtait de frétiller, déferlante et fiévreuse, imitant le bonheur avec tant de conviction qu'on était pris tout de suite d'une féroce envie d'y croquer à grosses bouchées, de sorte qu'il dit :

— On a le temps, Paul, on va aller prendre quelque chose à une terrasse.

Alors, ils étaient allés ranger cela, cette voiture impensable, le long d'une petite rue, pas très loin, pour ensuite revenir s'attabler à la terrasse du *Silverfish*, où s'entassait toute une fofolle jeunesse. Et ils avaient commandé de la bière, des Black Label qu'ils avaient bues dans la lumière dorée et un peu irréelle de cette fin d'après-midi de septembre, dans cette lumière propre et adoucie de cinq, six heures, où le soleil commence à s'enfoncer derrière les maisons, tandis qu'un poudroiement splendide avale la couleur et la forme des choses et que des roseurs éblouissantes partent comme des coups de feu des fenêtres et des vitrines...

Ils avaient bu beaucoup de bière, presque sans parler, avec une sorte de conviction rageuse, dans l'entassement et le brouhaha de la terrasse où ils se sentaient tout de même un peu perdus, parmi punks et punkettes de toutes les couleurs, voyant ici et là flotter des touffes de cheveux pour ainsi dire phos-phorescents, ébouriffages orange ou franchement lie de vin, vestons étriqués sur des épaules trop étroites, collants mauves ou rouge sang et bottillons quasiment à la poulaine, émacié jaunâtre ça pullulait sur toutes les terrasses et ça débordait sur les trottoirs comme de la broue, gars et filles attifés redoutable ça se donnait rendez-vous dans les bars, ça vous pompait de terribles rasades, tuant le temps comme ils le pouvaient en attendant la nuit noire, le moment où ils pourraient enfin s'engloutir dans les boîtes rockeuses et tonitruantes qui ne les vomiraient qu'aux petites heures...

— Jamais vu des bibites comme ça ! avait grogné Paul en revenant des toilettes.

Et depuis, il n'avait pas dit un mot. Il paraissait somnoler, massif et lourd, ne regardant même pas passer les filles qui pourtant s'arrangeaient pour en mettre plein la vue, belles à ne pas croire, toutes vernies par la lumière déclinante, marchant devant la terrasse, passant et disparaissant à jamais dans un faux jour aveuglant qui leur faisait des nimbes dans les cheveux. Comme des icônes, se disait Bernard. .. s'abandonnait à l'espèce de torpeur bienfaisante qui l'envahissait, et tout en pensant elles sont superbes, il avait aussi envie de rire, car il savait bien que s'il avait osé l'écrire dans un livre, dans un de ses romans, mettons, on l'aurait traité de macho, mysogine archaïque, monstre phallocrate parce qu'il les trouvait belles ! il y aurait eu comme toujours des tollés, haro sur lui ; offensées intimement d'avoir lu qu'on pouvait encore les trouver jolies, d'équivoques créatures malgré tout invaginées auraient sonné l'hallali — et pourtant il pensait seulement et presque naïvement elles sont belles, ce n'était pas du désir, pas à ce moment-là en tout cas, rien de tumultueux dans sa tête et encore moins dans son pantalon, non, spectateur admiratif tout bonnement, ravi, contemplant les filles à peu près comme il aurait regardé une toile de Renoir ou écouté une symphonie de Bruckner... Il y a parfois des moments comme ça... Lui, ça le prenait pour rien, ce genre d'euphorie un peu factice qui lui réchauffait tout le dedans, simplement parce qu'il faisait beau, que le vent était tiède et parfumé et que sans savoir au juste pourquoi il se sentait merveilleusement vivant... Peut-être un peu soûl, aussi...

— Va falloir y aller, dit-il, la bouche déjà vaguement pâteuse... pas s'arranger pour être trop en retard...

— Ça presse pas, fit Paul en regardant sa montre. De toute façon, on est aussi bien d'en profiter, mon vieux... Parce que la chaleur, les terrasses pis toute la patente, hein ?... C'est probablement la dernière fois de l'année qu'on a la chance de s'asseoir comme ça, dehors, à boire tranquillement de la bière en se faisant éventer la couenne... L'automne va nous tomber dessus, mon Ben, pis ça va faire dur...

Et c'était vrai — Bernard eut soudain l'impression qu'on venait de lui flanquer un seau d'eau glacée en plein visage —, c'était bien vrai que ça achevait, le beau temps, oui les feuilles allaient commencer à foutre le camp, on pouvait même dire que c'était commencé... (Il se disait cela, à présent, en avalant de grandes gorgées de bière et en fermant les yeux, comme s'il avait voulu se noyer dans le noir de sa tête.) Ça jaunissait déjà, dans cette chaleur quasiment inquiétante d'arrière-saison, en cette fin de septembre, alors que derrière tout cela il pouvait sentir le froid qui s'amassait, c'était tout prêt derrière les dunes aveuglantes et inhumaines de l'Arctique — les frimas, les giboulées et les grosses neiges allaient bientôt poigner tout le pays dans six mois absurdes de gel et de grisaille.

Et voilà que toute sa joie, tout son bien-être l'avaient quitté, il se sentait maintenant lourd et vaseux, à moitié soûl — ça bourdonnait dans sa tête, ça se mélangeait hideusement avec le fond sonore compact fait de toutes ces voix, du tintement des verres, de la respiration rocailleuse et gargouillante des voitures qui trépidaient juste devant en attendant que le feu passe au vert, en fait une rumeur profonde qui constituait le souffle même de la ville...

— Moi, ça me tente pas d'aller là-bas, dit-il à Paul qui n'avait pas l'air de l'écouter. J'ai pas envie d'aller à ce maudit cocktail de cul, j'aimerais mieux rentrer chez moi...

Sans doute n'avait-il pas parlé assez fort, car Paul continuait de boire sa bière sans même le regarder... Bah ! au fond, ça n'avait pas tellement d'importance, se disait-il sans trop y croire, étonné lui-même de la facilité avec laquelle il avait sombré dans l'écœurement, dans la noirceur, jusqu'à se sentir virtuellement parvenu à l'indice zéro, ou presque, quelque chose comme le ras de terre le plus intégral qu'on puisse concevoir : cela était bel et bien en train de lui arriver et il n'y pouvait rien... De toute façon, il lui semblait qu'il n'avait jamais pu rien à rien, un peu comme s'il avait été condamné dès sa naissance à n'être guère plus qu'un spectateur, placé légèrement en retrait de cette vie qui vibrait et flambait autour de lui, et même en porte-à-faux par rapport à sa propre vie à lui —qui lui apparaissait à présent comme un chemin plat qui s'étirait lugubrement à perte de vue, sans le moindre accident de terrain et sans le moindre caillou, une route lisse et morte où il ne se passerait jamais rien... Bien sûr, il y avait l'écriture, il voulait bien jouer à croire que les romans qu'il rédigeait pouvaient constituer un remède et qu'ils valaient même la peine qu'on vive pour eux et par eux... Oui, il lui arrivait encore de se mettre à sa machine à écrire pour travailler à la rédaction de ce grand roman qui allait avoir pour personnage principal le vieil Émilien lui-même, ou plutôt une transfiguration du grand-oncle qui était resté si vivant dans sa mémoire et qui occuperait le centre de cet ouvrage qu'il imaginait quelquefois avec autant de précision que s'il l'avait déjà écrit et même publié. D'avance il lisait les critiques qui criaient au génie, il était interviewé à la télévision et à la radio, on le reconnaissait dans la rue, les prix littéraires et les distinctions ça pleuvait, on l'étudiait dans les universités, des éditeurs français, américains, bulgares, hottentots et pygmées se battaient vicieusement pour obtenir les droits de traduction et de coédition, subito c'était l'argent, c'était la gloire, l'avez-vous vu ? c'est lui mais oui puisque je vous dis que c'est lui ! ouioui Bernard Pion, le grand romancier, vous savez, l'auteur du best-selleure génial *le Vieux de la montagne*, oh lui demander un autographe ô merveille une dédicace ah lui serrer la main et peutêtre Louisette peut-être lui dérober un baiser l'avoir tout tiède sur sa bouche le rapporter ainsi viatique jusque chez soi comme hostie de première communion il vivra à jamais dans les rêves roses des jeunes filles... Mais il restait là devant sa machine à écrire, immobile et quasiment sans respirer, minéral et morne, se sentant à peu près aussi nauséeux et exaspéré qu'un eunuque qui se masturberait à tour de bras, car rien ne venait... mais quelque chose pouvait-il encore venir ? il se sentait la tête si vide ! remplie de vide, se disait-il parfois en ricanant — un vide tournoyant, une sorte de tourbillon où se brassaient pêle-mêle toutes les pensées et tous les fantasmes et tous les souvenirs et toutes les bonnes intentions possibles, de sorte que ce n'était quand même pas réellement le vide, mais tout cela avait lieu dans l'anarchie la plus affolante, girant en panique sans qu'il puisse rien faire pour interrompre le mouvement, au moins le temps de retenir au passage ce qu'il lui aurait fallu pour construire ses écritures. Non, il n'arrivait plus à assembler tous ces matériaux pour en faire le superroman qu'il imaginait pourtant si bien et dont la rédaction aurait dû être si facile !... Son chef-d'œuvre, le roman total... Quelque chose fulgurait parfois dans sa mémoire, ou dans son cœur — comment savoir ? —, mais ce n'était qu'un mirage, foudre ou stellaire dans la nuit, lueur flamboyante qui s'évanouissait aussitôt dans les régions obscures de sa tête, insaisissable et perdue pour toujours, sans espoir... Pourtant, il persistait encore à s'installer à sa table de travail, devant cette machine à écrire qui ne cliquetait plus beaucoup, se poignant et se cimentant dans l'angoisse à force de regarder la page blanche, se donnant mal au ventre, vraiment mal dans son ventre, dans ses tripes, tant il finissait par s'écœurer de ne rien pouvoir écrire, muselé et ligoté on aurait bien dit pour l'éternité, impuissant, furieux de se voir inexplicablement réduit à pas grand-chose, une sorte de légume, tout juste en état d'aligner des mots sans vie comme des bouts de fleurs et des feuilles séchées dans un herbier. Et la page restait blanche, et il avait de plus en plus la pénible impression qu'elle resterait blanche à jamais, elle et toutes celles qu'avec une obstination stupide il glisserait jour après jour dans le rouleau de la machine jusqu'à la nausée ultime. Après quoi rien, sans doute, ne serait plus possible. Rien, sinon un trébuchement monstrueux, la chute dans l'informe et le chaos, la décomposition intime où il n'aurait plus qu'à se laisser engloutir et abolir sans même laisser de trace...

Un coup de vent frais souleva les papiers sur le trottoir et fit claquer l'auvent de toile de la terrasse du *Silverfish*... Ça va tourner à la pluie, pensa-t-il en frissonnant... Puis Paul lui mit sa montre sous le nez et dit qu'il était temps d'y aller. Alors ils marchaient

sur le trottoir en direction de la Pontiac blanche qui
pétait de tous ses chromes dans le jour mourant, car
c'était le moment d'aller à ce cocktail cacateux,
l'absurde soirée mondaine où l'on allait décerner le
prix Lambert-Closse à un pauvre type qui croirait
soudain avoir du génie et qui ne s'en remettrait sans
doute jamais, oh la chiante cérémonie!...

Dès l'escalier de marbre de l'immense vestibule, le
souffle de la fête s'abattit sur eux. Les invités étaient
dans la salle, en haut. Des coups de lumière et des
robes passaient dans l'arche ouverte de l'entrée, et le
bruit aussi, car il pouvait entendre cela, les entendre
comme dans de la ouate, c'était comme une rumeur
cotonneuse qui lui parvenait par vagues, comme si le
cocktail avait eu lieu au fond d'un coquillage — vous
savez bien, se le coller sur l'oreille pour entendre
imbécile la mer ou n'importe quelle cochonnerie —,
eh bien, la mer, c'était eux, les messieurs et les
médèmes en décolletés, avec des robes extra-longues
pour cacher les varices, les vestons de beau mohair et
de précieux lainages anglais et écossais et tout le
bataclan, made in Aberdeen ça ne les dérangeait pas,
et des cravates de soie naturelle importées d'Italie,
tout ça par-dessus des flapissures énormes, ventres
mollasses et fanons pendants, ce cheptel ridicule qui
était là rassemblé, et bien sûr ça se rinçait allègre le
dallot, s'empilait au bar, s'empiffrait à pleine gueule
des petits fours, des foies gras et des fromages
mous du buffet... Gloire au lauréat! il croyait les
entendre, tout de même un peu chancelant dans
l'escalier, montant aux côtés de Paul qui avait l'air de
n'avoir absolument rien bu et qui marmonnait sans

cesse *y a du poisson dans l'aquarium !* comme quoi il avait tout de même un peu de plomb dans l'aile...

— On ferait pas mieux de s'en retourner ? fit-il en tirant Paul par la manche. Ça me fait chier...

— Juste un p'tit peu, juste un peu, grogna Paul sans s'arrêter et sans tenter de se dégager et sans le regarder : marchant tout simplement, ou plutôt se hissant lourdement d'une marche à l'autre, pas encore poussif mais déjà suffisamment obèse pour souffler fort par les narines et par la bouche. Une p'tite trempette, une bière ou deux, pis on va s'en aller.

— Oh, moi, la bière, je commence à en avoir jusque-là...

— On sera pas longtemps, tu vas voir. De toute façon, je peux pas me coucher bien tard, faut que je parte demain matin à cinq heures... Prendre l'avion pour Québec, aller et retour dans la journée...

Mais maintenant c'était trop tard pour reculer, ils y étaient, tout d'un coup dans les lumières et le vacarme, dans l'invraisemblable chaleur humide de la grande salle de réception, en plein dans le grouillement de ce cocktail, parmi tout ce monde venu applaudir le truc Lambert-Closse, le suppositoire littéraire, le roman qui allait sûrement faire un malheur dans les librairies, le livre de chevet des matantes, des grosses momans et des branleurs de tout acabit... Il ne disait plus rien parce que de toute façon il aurait fallu crier pour se faire entendre, mais il n'en pensait pas moins qu'il aurait mieux valu qu'il donne une petite tape dans le dos de Paul Piette, lui dise *salut !* et fasse demi-tour, descende l'escalier monumental et saute dans le

métro pour rentrer au plus vite chez lui, dans la
chaleur tranquille de l'appartement de la rue Garnier,
où Liliane devait non pas l'attendre, mais penser qu'il
finirait bien par rentrer, penchée sur ses notes de
cours et son code civil, sérieuse et pas vraiment
tendre, non, pas tout à fait aimable non plus, mais
rassurante, irréfutablement solide et réelle... un peu
distante, aussi, lui semblait-il... Et elle aurait à peine
besoin de le regarder quand il rentrerait ainsi, fuyant
le cocktail et ses misères vaniteuses ; elle lèverait tout
juste la tête de sur ses livres et ce serait bien. Puis il
serait assis devant sa machine à écrire et il se mettrait
dans des états épouvantables sans que rien veuille
sortir de lui...

   Mais il ne s'en irait pas, il le savait bien. À présent,
il suivait docilement Paul Piette parmi les groupes qui
s'étaient formés comme des grumeaux dans la soupe,
saluant par-ci, par-là, un visage connu, serrant une
main, mais rien de plus, ne cessant pas en fait de
marcher derrière le large dos de Paul, incapable de
s'empêcher de penser que cet air dans lequel il se
déplaçait péniblement aurait été plus approprié pour
la nage que pour la respiration, mais il passait dans
cela, dans la chaleur épaisse et presque visqueuse,
dans le remugle énorme qu'exhalait cette foule en
sueur, dans ce rut poussif et délirant par lequel on
célébrait et récupérait un événement en principe
culturel... Et il eut bientôt l'impression qu'ils se
frayaient un chemin dans cette jungle de chair depuis
une sorte d'éternité (peut-être avait-il perdu la notion
du temps ?), puis ils débouchèrent dans un genre de
clairière qui restait miraculeusement dégagée dans

un coin de la salle... Il eut d'abord l'impression qu'il y faisait un peu moins chaud... Mais tandis que Paul s'éloignait pour chercher de la bière au bar, il sentit de nouveau la chaleur lui monter brusquement au visage, d'un seul élan, comme un chat qui vous saute aux yeux... C'était étourdissant, tout ça, ces gens qui bougeaient autour de lui, visages, cheveux, robes multicolores, blancheurs de chemises, cette foule qu'il voyait tanguer comme sur un parquet de Titanic en perdition, ça voguait tout de travers... Bien sûr, il avait bu... Paul, lui, c'était autre chose — il revenait justement en faisant des prodiges pour éviter de renverser les deux verres pleins à ras bord —, il supportait ça comme tout, l'alcool... Il avait l'habitude, ça faisait longtemps qu'il s'en envoyait dans l'entonnoir... Autrefois, dans la ruelle de la cinquième avenue, il leur en mettait plein la vue, l'animal, à quatorze ans capable de boire coup sur coup et sans vomir, sans même un hoquet, une demi-douzaine de cannettes de bière, sans presque respirer il vous calait ça, intrépide du gosier et de la panse, glouglou ! fallait voir ! ça descendait direct... Il avait des dispositions, il faut croire. Et la panse, avec les années et les abus, elle s'était forcément élargie, dilatée à mort, comme quoi l'usage vous crée parfois de drôles d'organes, et voilà que maintenant, à trente-cinq ans, il arborait un tour de taille à tout casser, portait quarante-deux de ceinture, ça débordait flasque de son pantalon, la graisse de bière qui tremblotait quand il marchait... C'est comme ça qu'il l'avait retrouvé après des années et des années où ils s'étaient perdus de vue. Il lui était apparu, comme par surprise, au hasard des chemins de l'écriture et de l'édition où ils pataugeaient tous les deux, un peu avachi dans sa grosseur pas encore monstrueuse mais passablement voyante — tel qu'il était en ce moment, campé juste en face de lui, solide sur ses jambes un peu trop courtes, le ventre en avant avec des poils noirs qui sortaient par un entrebâillement de sa chemise vis-à-vis du nombril, souriant de son sourire perpétuel qui ne voulait pas dire grand-chose, le verre à la main, comme un îlot au milieu de ce cocktail puant, comme la seule bouée à laquelle il pouvait encore se cramponner en cas de coup dur, dans l'ivresse qu'il sentait se dilater insidieusement en lui.

— Tu sais pas qui j'ai vu ? fit Paul dans son oreille. Et, voyant bien qu'il n'obtiendrait rien de plus que ce haussement d'épaules, il poursuivit : ton critique préféré... Dans le fond, là-bas...

Il montrait de son doigt boudiné un groupe assez compact, pas très loin de l'entrée. Au milieu de ces têtes d'écrivâtres prêts à toutes les bassesses pour obtenir une bonne critique ou du moins une critique pas trop éreintante, Bernard put distinguer le profil de Marcel Guilbert, qui apparaissait et disparaissait entre les nuques, les cheveux et les nez qui l'entouraient. Et c'est à ce moment qu'il comprit, ou sentit, qu'il était irréversiblement ivre et qu'avec les secondes et les minutes qui passaient cela ne ferait qu'empirer — et aussi, simultanément, il savait au plus profond de lui, c'est-à-dire qu'il le sut à l'instant même où il aperçut le profil arrogant de Marcel Guilbert, qu'avec les vapeurs d'alcool remontaient à la surface de l'amertume, ou pis encore, de la rancœur et de la violence. Si l'alcool me fait ça, se dit-il sans trop s'en rendre compte, si la bière me rend fou furieux comme n'importe quelle brute épaisse, il va falloir que je me mette à l'eau pure... Car c'était bel et bien installé en lui, une envie brûlante de traverser la foule, de faire irruption au beau milieu du petit groupe de téteux et de flagorneurs, et de botter le cul auguste de Marcel Guilbert. Comme ça, quasiment pour rien, ou plutôt parce qu'il l'écœurait, parce qu'il n'avait jamais voulu rien comprendre à ses livres et qu'en ce moment il se sentait incapable de le supporter. Mais il ne bougea pas. Il leva son verre et but d'un trait la bière tiède, puis il prit Paul par le revers de son veston et se pencha vers lui pour dire quelque chose mais il ne savait déjà plus ce qu'il voulait dire tandis que sa bouche articulait mollement mais puissamment :

— J'vas lui mettre mon pied dans le cul, mon Paul...

— T'es pas fou ! s'exclama Paul dont la voix aigre tranchait bien sur le bruit de fond, ce vacarme rumoreux que faisaient les voix et les souffles et les toux et les rires des invités de ce cocktail vénéneux. T'es pas fou, tu feras pas ça ! Pas à Marcel Guilbert ?

— Direct dans le cul, répéta-t-il avec une conviction butée, regardant le bout de ses souliers, apparemment ferme sur ses jambes mais chancelant à l'intérieur de lui-même comme une toupie parvenue au bout de son mouvement. J'vas lui mettre mon pied dans le cul, assez d'aplomb que tu vas le voir lever de terre, le sacrament !

Paul se mit à rire bruyamment, lui donnant de grandes claques dans le dos.

— Vas-y, mon vieux, t'es capable! fit-il en lui passant un bras autour des épaules. Et, approchant la bouche de son oreille, il ajouta : tu peux aussi lui en mettre un dans les couilles de ma part...

Bien sûr, Paul avait l'air de trouver cela tout à fait amusant. Une bonne plaisanterie, rien de plus, sachant au fond que rien ne se passerait et que son ami se contenterait comme toujours de commettre des violences verbales ; tout aurait lieu dans sa tête, évidemment. C'était drôle !... Mais Bernard ne riait pas. Il n'avait absolument pas envie de rire. À ce moment, il était moins amer que stupéfait, une vague de lucidité lui venant entre deux bouffées d'ivresse, abasourdi de se trouver là, dans cette salle, au beau milieu du vrombissement de ce cocktail à vrai dire obscène, comme pour approuver lui aussi la proclamation de ce ridicule prix littéraire Lambert-Closse dont tout le monde, de toute façon, connaissait officieusement le lauréat, car comme toujours ça s'était plus ou moins ébruité, le jury n'était pas étanche et il y avait eu des grandes gueules, et on avait su que cette année c'était un certain Francis Absalon qui remportait le prix pour son roman *Par devant comme par derrière*... Bien entendu, s'il fallait en juger par ce que l'Absalon en question avait déjà produit, il s'agissait encore une fois d'une œuvrette digne de tout sauf d'un prix littéraire — donc toute désignée pour en obtenir un —, d'un torchon insignifiant et frigide auquel l'intellectuaille du jury s'était ralliée... Comme toujours dans le cadre du prix

Lambert-Closse, un roman morveux avait tout raflé,
et le beau monde de ce cocktail, du moins ceux encore
capables de lire, et plus tard tous les autres qui se
taperaient le livre sur la foi des louanges de critiques
comme Marcel Guilbert, ou tout simplement sous
l'influence de la vertu magique du prix Lambert-
Closse lui-même dont la mention allait figurer en
blanc sur une bande rouge attachée autour du roman
de l'Absalon, tout ce monde se péterait le goitre à
célébrer l'inutile bouquin qui avait pour seul mérite
celui d'être divertissant et aisément compréhensible
même par eux... Vous avez lu, mon cher ? ah tout
simplement superrrbe ! *Par devant comme par derrière* est
un roman comment dirais-je ? un roman qui, un
roman que, que que que, ah comment dire ? oui oui
mon cher, c'est bien ça, oui oui, fascinant, un pur
chef-d'œuvre, vous tient en haleine et la bouche
fraîche de la première page à la quatorze mille deux
cent trente et unième, pas un mot de trop là-dedans,
ah l'originale histoire ! et cet humour subtil c'est pas
mêlant j'en ai pissé deux ou trois fois dans mes
culottes, ah je vous dis, un authentique renouvel-
lement des thèmes, souvenez-vous ! la vieille mère
infirme et délaissée par ses fils ingrats et son ivrogne
de mari, ah les deux cents pages où l'on voit ce
méchant homme déclarer en pleurant son regret à sa
pauvre femme agonisante, quelle nouveauté ! quelle
imagination incroyable ! quel style ! écrit exactement
comme du Zola, c'est pour vous dire, ah ! un trésor !...

C'était à peu près cela qui lui passait dans la tête,
tandis qu'il se balançait légèrement sur ses jambes,
tout en considérant toujours, du même air pensif, le

bout de ses souliers, ça défilait un peu comme un
ruban sans fin, flot d'images et de paroles qu'il ne
pouvait pas contrôler, ça lui venait comme dans un
cauchemar, et ça lui donnait le vertige, une boule
furieuse lui montait dans la gorge et il sentait tout
son sang lui bouillonner dans les bras et dans les
jambes... C'était vraiment bizarre. Il lui semblait qu'il
était en quelque sorte coupé ou divisé en deux, si
bien qu'il se rendait tout de même compte, confusément, qu'il ne pouvait plus penser net et qu'un
nouveau déferlement d'ivresse venait de le sub-
merger, et il restait là, stupide, comme assommé
debout, immobile bien qu'un peu flageolant — du
moins c'est comme ça qu'il se voyait —, maigre et pas
très beau, comme un bœuf étique et poussiéreux
parmi tout ce monde élégant et plein d'esprit, ricanant tout seul, puis faisant signe que oui à Paul Piette
qui lui demandait s'il voulait encore de la bière. Et à
présent Paul s'éloignait, il le regardait en clignant
des yeux, murmurant tout bas *dans le cul il va l'avoir
dans le cul*... Et il crut entendre Paul qui en se retournant lui criait d'une voix monstrueuse :

— Attends que je revienne. Je rapporte des verres,
attends-moi... Zigouille-le pas tout de suite, attends
que je sois là, je veux pas manquer le...

Il entendait cela, et pourtant Paul était déjà loin
dans la foule caquetante... Sans trop le regarder, il
pouvait le voir (subitement il se sentait bien moins
ivre qu'il ne l'avait cru), le voyait jouer des coudes et
du ventre parmi les viandes plus ou moins man-
geables, plus ou moins faisandées qui emplissaient la

salle... Maintenant, il faisait fantastiquement chaud...
Naturellement, il savait bien que l'alcool lui circulait à
flots dans les veines et que ça n'arrangeait rien, oui,
mais quand même... Il n'était pas assez soûl pour ne
pas s'apercevoir que les autres aussi avaient chaud. Il
voyait des cernes de transpiration dans des dos de
chemises, sous des aisselles, dos reluisants de ces
médèmes, fronts dégoulinants de ces messieurs, ça
soufflait court, se pressait, macérait dans des sous-
vêtements déjà trempés, le dessous des pieds flicflaquant dans les souliers, on aurait presque pu
distinguer une buée bleuâtre qui flottait au-dessus de
ce bétail juteux, l'évaporation de cette sueur malgré
tout recyclable, comme si la salle tout entière n'avait
été rien d'autre qu'un gigantesque brouet, un pot-au-
feu atroce où lui-même se sentait emporté, brassé,
saucé de tous les côtés, mouillé par des bras trans-
pirants, fouetté au passage par des mèches de cheveux tièdes et trempés... Il avait l'impression que
l'ivresse lui avait sectionné le corps au niveau de la
ceinture, de sorte qu'il éprouvait la sensation plutôt
désagréable de flotter comme un ballon au bout d'un
fil... Et il lui semblait aussi que tout ce monde l'envahissait par les yeux, car il s'était mis à regarder et à
détailler la foule avec une attention démesurée —
c'est-à-dire que ça s'était mis à tourner autour de lui
comme un carrousel houleux —, il y avait là des
visages qu'il reconnaissait, bien sûr, toujours les
mêmes, les gueules des éternels parasites de lan-
cements et de cocktails à prétention littéraire, yeux
cernés de viveuses, lippes molles de vicieux onanistes,
babines humides ici et là, sourires cosmétiqués à la
pelle, parfums à vous décaper net les muqueuses des

narines, échancrures formidables laissant malencon-
treusement trembloter à l'air libre des mamelles se
gélatinant ptosées dans la robe qui veut faire jeune à
tout prix — et le plus souvent à gros prix —, tout ce
monde pas croyable, et aussi les intellectuels à deux
sous qui n'en rataient pas une, qui étaient en quelque
sorte abonnés à toutes ces manifestations livresques,
zéros absolus tout juste bons à se vautrer dans le vin,
la bière et les petits fours, impuissants gueulards qui
se donnaient des airs d'artistes en instance de génie
parce qu'ils avaient pondu vingt ans plus tôt un
recueil de poèmes de huit pages ou une couple de jolis
romans d'amûûr... Mais le truc Lambert-Closse n'aurait pas été complet, bien entendu, sans les inévitables journalistes disséminés un peu partout dans la
salle, parmi les petits groupes qui s'étaient formés au
gré des accointances ou des intérêts... Il connaissait
assez bien plusieurs d'entre eux, et d'autres de vue
seulement... Mais en ce moment il ne les regardait
pas, il ne voyait que lui: là-bas, plus loin vers la
droite, dans ce groupe près de la porte, Marcel
Guilbert qui se courbait en arrière comme une banane
pour tenter de se mettre en valeur malgré sa petite
taille, ronronnant sans doute pour qui voulait l'entendre — et ils étaient maintenant assez nombreux,
vils dans leurs courbettes et leurs salamalecs, ram-
pant sans vergogne, tellement qu'à les regarder il se
sentait tout nauséeux... Mais il se rendait compte,
tout de même, que sa nausée était bien plus que
métaphysique, car il commençait à éprouver dans sa
gorge, et aussi dans son ventre, un mal diffus, un
désagréable brassement, pas encore l'envie de se
vider subito par la gueule, non, mais ça annonçait

déjà que quelque chose pourrait se produire, peut-être un peu plus tard, peut-être...

En attendant que Paul revienne, il alla s'adosser au mur. Il ne pouvait détacher son regard — qui d'ailleurs avait de plus en plus tendance à devenir fixe et vitreux — de ce nœud de lombrics, les petits scribes gigotant autour du Guilbert et flagornant avec des ronds de jambes, et il se disait ils sont immondes, et il avait même l'impression de murmurer du bout des lèvres *ça m'écœure hastie que ça m'écœure !*... Et quand Paul revint avec de la bière, cela ne le tira pas vraiment de sa rêverie, ou plutôt de l'espèce de torpeur où il avait sombré, oh cette odieuse sensation de vertige ! le monde entier était pris de tournis, tout se dérobait, il était sillonné par toutes sortes de fictions qui venaient se plaquer sur la réalité, comment s'y retrouver dans tout ça ?... Et il s'aperçut qu'il venait d'avaler presque d'un seul coup le verre de bière, puis il crut entendre Paul Piette qui criait à tue-tête :

— Pis, tu lui bottes, son cul sale ?

Paul le regardait, hilare, en donnant des coups de coude à Jean-Guy Calvert qu'il devait avoir ramené dans son sillage et qui minaudait et ricanait en secouant ses épaules étroites...

— Dans le cul, beuglait Paul d'une voix épouvantable... Le p'tit Guilbert va l'avoir drette dans le cul !

Il avait maintenant l'impression — la certitude folle et insupportable — que tout le monde était au courant et que ça commençait à s'attrouper autour de

lui, visages blafards qui le zieutaient avec malveil-
lance, l'interrogeaient scrutaient, ça se retournait en
chuchotant, il pouvait même entendre des mur-
mures, on voulait savoir qui c'était, le maniaque qui
en voulait aux saintes fesses de Marcel Guilbert...

— Son pied dans le... pouffa Calvert... Oh! ce
serait trop comique!

— Mais allez-vous la boucler! s'écria-t-il sans réellement hausser la voix, redoutant de devenir subitement le point de mire de centaines de paires d'yeux
et d'oreilles sournois et hostiles.

Et il dessoûlait, lui semblait-il, à la vitesse d'un
gars qui tombe de son lit pour se réveiller en quelque
sorte au beau milieu de cette foule grondante, pani-
quant à entendre les esclaffements de Calvert et les
tonitruades de Paul Piette, se sentant perfidement
poussé aux épaules, engagé malgré lui dans l'action
sans même pouvoir esquisser le geste de reculer...
Mais taisez-vous donc! voulut-il ajouter en levant la
main comme pour claquer Calvert; *tout le monde vous
écoute!*... Puis il s'aperçut qu'il n'avait rien dit et qu'il
n'avait pas bougé d'un poil.

— Vas-y, vas-y! hurla follettement Calvert d'une
petite voix pointue.

À présent, il avait l'impression de n'avoir pas bu
du tout, il tenait la grande forme, croyait-il, et il
croyait aussi les voir s'amener de tous les côtés, ça y
était! l'attroupement se créait, c'était comme dans un
rêve, il avait la nette intuition que cela ne pouvait se
passer que dans un mauvais rêve, mais il n'arrivait
pas à se réveiller, cela continuait malgré lui... les gens

s'amassaient autour de lui... il recevait un grand choc dans le dos et le monde entier se mettait à tourner dans sa tête... Puis il lui sembla entendre Paul Piette qui disait, de très loin : *C'est ça... tiens-toi après moi, aide-toi un peu, mon vieux !... ça y est...*

Et il sentit qu'on le relevait et qu'on l'adossait contre le mur. (Était-il vraiment possible qu'il fût tombé sans s'en apercevoir — et depuis quand ? — mon Dieu ! — tombé par terre ? devant tout ce monde ! étalé sur le parquet comme un ivrogne !) Il avait mal au coude droit qu'il avait dû se cogner au moment où...

Il était persuadé que dans toute la salle on le montrait du doigt (il voyait cela, lui semblait-il, à travers ses paupières). Rien à faire, la situation lui échappait : ça devait déjà circuler dans la foule, et d'ici une couple de minutes ça serait parvenu aux oreilles de Guilbert...

— Envoye, envoye ! hurlait toujours Jean-Guy Calvert manifestement paf lui aussi.

Voilà ! il était devenu le bouffon de la soirée... Il ne lui manquait plus que le bonnet et les grelots de Triboulet... Voyons, se disait-il — ou c'était comme une voix caverneuse qui le répétait en lui —, voyons donc ! faut quand même pas virer paranoïaque... Mais il était pourtant clair qu'on l'encourageait, on profitait de son ivresse évidente, on voulait qu'il se donne en spectacle, attacheurs de poêlon à la queue du chien ils souhaitaient visiblement qu'il botte les fesses à Guilbert, juste pour voir, juste pour rire...

— Ça va faire, cria-t-il de toutes ses forces, foutez-moi la paix !...

Il sentit que Paul Piette le prenait par le bras et l'adossait de nouveau contre le mur, entendant aussi que quelqu'un offrait son aide, puis on lui tapotait le visage, et il entendait *j'espère qu'il ne conduit pas sa voiture*, et la voix de Paul disait au fond d'un tunnel *non non pas de problème il est avec moi*, et on disait qu'il lui faudrait un bon café noir et que ça passerait et il ouvrit les yeux bien qu'il fût certain de ne les avoir jamais fermés, et il comprit qu'on venait vraisemblablement de pro-clamer le lauréat, car la salle applaudissait à tout casser, puis il ferma les yeux et tout gira encore un moment, puis il revit Jean-Guy Calvert qui sautillait devant lui, et il se dit qu'il lui suffirait sans doute de lui flanquer une taloche, à ce polichinelle, pour que le cauchemar s'arrête. Mais il ne faisait rien. Il sentait des vertiges lui monter dans la tête, ça lui siphonnait tout l'intérieur, il lui semblait qu'il allait s'envoler... C'est alors que, dans une sorte de brouillard rouge, il vit s'approcher la petite Chantal de Saint-Hanusse, toute appétissante et sans doute niam ! niam ! déli-cieuse à croquer dans sa robe à volants, qui s'ouvrait un chemin pour parvenir jusqu'à lui, fendant la masse apparemment compacte qui l'entourait, écartant les gens avec ses belles mains blanches qui auraient pu faire beaucoup mieux que d'écrire ses romans au pissat de caniche...

— Tu vas le démolir, le Guilbert ? s'écria-t-elle, extravertie à mort, les yeux fous et brillants ; tu vas lui botter le derrière ? Oh, t'es un amour !

Elle voulut l'embrasser, mais il la repoussa doucement. À présent, il marchait. Il pouvait entendre
leurs voix, celle de Paul Piette, celle de Calvert, mais
elles restaient derrière lui, elles se fondaient peu à
peu dans celle, tempétueuse et menaçante, de la
foule. Il marchait vers la sortie, étonnamment droit
et ferme il s'éloignait d'eux... Il avait l'impression qu'il
portait une cagoule, ou qu'il avait les yeux fermés et
que ce qu'il voyait n'était rien d'autre qu'une succession de scènes projetées du dedans sur la peau de
ses paupières. De toute façon, il se sentait sur le point
de décrocher tout à fait, car il ne parvenait plus à
savoir exactement où il en était, il errait dans un
chaos tournoyant, il avait mal dans lui et il avait mal
dans les autres, tout se passait à la fois dedans et
dehors, il lui aurait fallu quelque chose de stable à
quoi se raccrocher, mais voilà que l'univers entier —
avec son temps et son espace, avec la fluidité de sa
durée, avec l'apparente dureté des choses et le mouvement des corps célestes et le bouillonnement de la
vie, avec la rassurante permanence des phéno-
mènes —, voilà que la substance même du monde se
décomposait, c'était comme s'il s'était soudain dis-
socié en molécules nageant parmi les molécules : en
tout cas il ne pouvait plus rien retenir de solide,
c'était comme s'il avait agrippé à deux mains des
poignées d'eau, tout lui échappait et sortait de lui, il
ne lui restait plus qu'une sensation d'urgence, un
sentiment de catastrophe imminente, un voyant
rouge qui clignotait en lui pour l'avertir qu'il était
temps de s'en aller tandis qu'il pouvait encore le faire
à peu près proprement, et au moins avant qu'il ne se
sente trop mal pour marcher tout seul...

Tout en fendant ou en contournant des groupes de papoteurs, il se parlait tout bas, il essayait désespérément de remettre ensemble des bouts d'idées, perplexe et rageur de ne pouvoir déterminer s'il se souvenait vraiment d'avoir déclaré publiquement qu'il botterait le cul de Marcel Guilbert, ou s'il ne s'agissait que d'un fantasme apparu sous l'effet de l'alcool — et sans doute à cause d'autre chose aussi, qu'il pouvait sentir fermenter dans d'étranges estomacs qui lui élançaient quelque part dans les profondeurs absurdes de sa conscience et de l'innommé innommable qui hantait secrètement ses ténèbres intérieures... Bien sûr, pensa-t-il en un grand sursaut, bien sûr, je n'aurais jamais dit ça... c'est la bière, rien que la bière... Mais il semblait bien que, décidément, tout allait continuer de se dégrader. Car rien ne s'arrangeait, au contraire, il lui prenait des étourdissements qui le forçaient à s'arrêter et à se tenir le front à deux mains, et il entendait Paul Piette qui maintenant le suivait de près et qui lui mugissait des encouragements, et tout autour ça valsait prodigieux, la salle, les murs sur lesquels étaient comme peints à la détrempe les visages qui — cette fois, c'était vrai, crut-il comprendre avec un serrement de cœur —, par centaines étaient tournés vers lui pour voir à quoi ressemblait le monstre, l'abominable, le terroriste, la brute infecte qui voulait faire cette impensable chose, ce raté, l'écrivain inane et frustré qui n'avait qu'à s'en prendre à lui-même s'il écrivait des romans tellement pourris que personne ne voulait les lire... Cependant, il arrivait tout de même à la sortie, il voyait dans un brouillard ondulant l'enseigne EXIT rouge sur laquelle il s'était pointé exactement comme un missile guidé

par gyroscope, ah oui prendre de l'air au plus sacrant !
Il était persuadé que ce serait suffisant pour tout
arranger, qu'il retomberait enfin sur ses pattes, qu'il
en finirait avec cette désolante impression de flotter
entre réalité et fiction, de n'avoir plus d'existence
propre, de n'être plus qu'une illusion nourrie d'illusions...

Et brusquement, comme il contournait un groupe
pour gagner la sortie, il se trouva face à face avec
Marcel Guilbert, qui avait même fait quelques pas
pour se poster sur sa trajectoire.

— Tiens ! Bernard Pion, le grand romancier, fit-il
narquoisement. Un peu plus, et on se manquait...

Bernard voulut répondre quelque chose, mais rien
ne venait. Dans sa bouche, sa langue était comme un
morceau de cuir rêche et épais. Il restait figé sur
place, silencieux, convaincu d'avoir l'air d'un parfait
imbécile, se trouvant encore une fois beaucoup moins
ivre qu'il ne l'avait cru, comprenant d'un seul coup
que lui, Guilbert, n'avait pratiquement pas bu, ou
plutôt qu'il en était depuis longtemps arrivé à un
point où il pouvait boire de l'alcool tant qu'il voulait
sans même paraître indisposé. Il possédait probablement toutes ses facultés, comme un homme à
jeun. Du moins, il donnait cette impression, l'air frais
et dispos, sans la moindre goutte de sueur au front,
massif et nerveux, sans doute raide malgré sa petite
taille. Et il se dit il va falloir que je le surveille parce
qu'il pourrait bien me jouer des tours, et il pensait
aussi je vais me méfier je ne dois pas perdre de vue ni
ses mains ni ses pieds juste au cas... Car il était visible

que Marcel Guilbert savait tout, évidemment, il y a toujours des gens qui ne demandent pas mieux que de se faire aller la gueule pour colporter tout ce que, tout ce qui...

Un petit groupe s'était formé autour d'eux, visages fouineurs qui attendaient quoi ? mais ils étaient là, ils constituaient comme un îlot de silence au milieu du vacarme. On devinait qu'il allait se passer quelque chose, peut-être pas très spectaculaire, mais quelque chose tout de même. Les gens sentent ça tout de suite, pas besoin de leur faire de dessin, un instinct infaillible pour cela... Au bout d'un moment, le regardant droit dans les yeux, Marcel Guilbert dit d'un ton condescendant :

— Puis ? Ça s'en vient, ton prochain roman ?

Il ne répondit rien. Il ne pouvait toujours rien dire, les mots ne voulaient pas se caser à leur place dans sa tête, de sorte qu'il se contentait de le regarder en pleine face, lui aussi, sans ciller, se sentant jusqu'à un certain point agi de l'extérieur et absolument dépassé par le cours des événements.

— Oui, s'entendit-il dire enfin, avec une étrange voix rocailleuse qu'il ne se connaissait pas, oui, ça s'en vient. Et toi ? Toujours fossoyeur de la littérature ?... C'est beau, un critique qui écrit avec une pelle !

Des rires se firent entendre. Du coin de l'œil, il pouvait voir Paul Piette qui se tenait le ventre à deux mains, secoué par une hilarité excessive. Et voilà que, par magie, il se sentait tout à coup parfaitement lucide, plus vif d'esprit que jamais. Cela surnageait sur l'ivresse, comme en surimpression, les mots affluaient tout seuls, sans peine, sans même qu'il ait besoin de chercher. N'était de cette mauvaise voix éraillée, de cette langue qui lui obéissait mal, de ces lèvres que l'alcool figeait, il se serait senti en forme pour un beau duel verbal. Guilbert ricanait en le regardant, une main dans la poche de son veston, tenant de l'autre un verre de scotch à mi-chemin de sa bouche.

— Oui oui, je suis sérieux, reprit-il, rempli soudain lui aussi de cette hilarité qui pétillait autour de lui, tu peux déjà creuser la fosse : ça s'en vient, mon roman.

— Bah ! Pour la charogne qu'il faudrait y enterrer, grinça Guilbert avant de boire une gorgée.

— En tout cas, mon p'tit bonhomme, tu ferais bien mieux d'en manger un peu, de cette charogne-là. On sait jamais, ça pourrait te rendre intelligent... Peut-être même que ça te ferait grandir... (Il lui donna trois ou quatre petites tapes sur la tête, comme à un chien.) Au fait, en parlant de grandeur... j'ai rencontré une fille pas mal pantoute, y a pas long-temps, qui disait avoir couché avec toi...

Il se tut un instant pour faire un clin d'œil à Paul Piette qui avait toujours la gueule fendue jusqu'aux oreilles. Marcel Guilbert attendait, l'air impassible et froid.

— ... Et d'après ce qu'elle disait, tu serais équipé d'une queue pas ordinaire... C'est-y possible ? Me semble que je te vois mal avec ça... Le morceau king size, qu'elle disait... C'est vrai qu'elle était un peu soûle, mais elle était prête à jurer... Faudrait que tu nous montres ça, voir si ça se peut... Ton outil grand luxe... Envoye, sors-la, ta viande, pis fais-nous une démonstration... Parce que je serais curieux de voir ça, comment tu peux faire, p'tit comme t'es, pour maîtriser une arquebuse pareille... Ma foi du crisse, si ce qu'elle a dit est vrai, tu dois quasiment ressembler à un trépied quand ce bibelot-là se met à bander... Resterait plus rien qu'à te visser un appareil photo sur la tête, et...

— Tu ne te rends pas compte que tu es stupide ? fit le critique avec une grimace d'exaspération.

— Ben... je sais pas, dit Bernard (qui se sentait incapable de s'arrêter, comme une voiture qui freine sur la glace), je sais pas trop si je suis stupide, mais je me disais tout simplement qu'avec une quéquette comme la tienne on doit abattre de la bonne besogne... Un vrai trésor dans tes culottes... Dommage que tu puisses pas écrire tes critiques avec...

— Viens-t'en, fit Paul en le prenant par le bras et en essayant de l'entraîner. Ça va faire, c'est plus comique. T'as trop bu, tu sais plus ce que tu dis... (Il a trop bu, ajouta-t-il en se tournant vers Guilbert, faut pas lui en...)

Mais, se libérant d'une violente secousse, Bernard se rapprocha en titubant de Marcel Guilbert.

— Non, mais tu l'as ou tu l'as pas, la grosse graine ? s'écria-t-il sans vraiment le vouloir — sentant tout de même que cela sortait tout seul de lui comme du sang qui pisse d'une artère coupée... Tu l'as ou tu l'as pas ?... Faudrait qu'on sache... Parce que si t'es emmanché comme la fille disait, je comprends pas que ta femme ait pu renoncer à ça pour s'en aller avec un

autre gars... C'est bien ce qu'on dit, non?... Qu'elle
vient de te foutre là comme une vieille guenille, tout
seul avec tes deux p'tits, le popa pélican qui...

Mais il ne put continuer, car il se passa subitement
quelque chose... Il ne comprit pas tout de suite ce qui
lui arrivait. Cela l'avait frappé quasiment comme un
coup de fusil: Marcel Guilbert faisant un pas vers lui
et lui flanquant une gifle magistrale. Voir des étoiles,
c'était cela... Perdre le souffle et la pensée... Et il
restait là, gelé sur place par la stupéfaction... Plus
tard, il crut se souvenir de cette scène comme d'un
moment de black out — qui prenait peut-être place
lui-même dans un état d'absence et d'enténèbrement
encore plus général et où pouvaient avoir lieu tous les
événements imaginables —, une interruption dans le
dévidement du temps, où toute une portion de sa vie
s'était figée. Cela avait eu lieu, s'était passé à la
vitesse fantastique d'une décharge électrique. Trop
rapide pour lui, qui ne réagissait pas, qui tardait
même à comprendre, de sorte que cela était encore en
train de lui arriver, c'était comme une image reflétée
dans des miroirs parallèles, un geste infiniment
recommencé, tandis que tombait sur eux — ou sur lui
— un silence presque religieux, ce silence multiplié et
amplifié par le nombre de bouches qui se taisaient,
gonflé par toutes ces oreilles qui écoutaient, un
silence qui vrombissait dans sa tête — et il sentait
bien que ce n'était pas dû uniquement à l'ivresse... Il
était là, raide debout en face de Guilbert, immobile,
comme mort, suffoqué, incrédule: c'était comme si les
montres, les pendules, les horloges et tout le méca-
nisme de l'univers venaient de stopper brusquement

— c'est-à-dire qu'il se trouvait projeté dans une sorte de bulle hors du temps, où les choses se produisaient lentement, où il avait tout le loisir de trouver incroyable ce qui lui arrivait et qui le plongeait en plein cauchemar... Mais le soufflet de Guilbert lui brûlait la joue gauche...

Puis — mais c'était au même instant, dans la réalité du temps des autres, qui n'avait jamais cessé de filer à la belle épouvante — il pensa ah le sacrament de baveux ! et il hurla :

— J'vas te tuer, maudit chien sale !

Et il sentait son sang, tout son sang se mettre à circuler à une vitesse phénoménale dans ses membres, encore une fois il sentait la masse entière de son sang se retirer de sa tête et même de son cœur pour se répandre dans ses bras et ses jambes, dans ses mains et ses pieds, et il se disait j'vas le réduire en bouillie l'écœurant ! et alors il avait réellement le goût de tuer, il aurait pu lui arracher la gorge avec ses dents, ah oui !...

Il s'entendit de nouveau qui hurlait — du moins, c'est cette impression qui resta dans ses souvenirs —, puis ça tournait encore, et à présent il y avait des voix qui criaient avec lui, et aussi des mains qui le saisissaient un peu partout, on le ceinturait, on le tirait, on le poussait, certains en profitaient pour le pincer ou lui donner des coups sournois à la faveur de la bousculade, l'auraient écartelé empalé castré s'ils l'avaient pu... Et de l'autre côté, comme dans les câbles de l'espèce d'arène ou de ring qui s'était creusé à même le moutonnement de la foule, il pouvait entrevoir des bouts de visage de Guilbert qui souriait calmement, tandis qu'on l'entraînait, lui, Bernard Pion, sans qu'il puisse rien faire, écumant, la bouche toute tordue de rage impuissante, hurlant comme un chien fou, gueulant des menaces de mort et des obscénités, absolument incapable de se contrôler et de recouvrer son sang-froid.

Il n'entendait plus rien, il n'arrivait plus à percevoir que les vagues qui déferlaient en lui, rien d'autre. Dans son oreille il y avait aussi — comme depuis une éternité — la voix de Paul Piette qui disait et répétait *arrive on s'en va on sort d'ici !...* Croyant avoir les yeux fermés, il leva les paupières — et c'est à ce moment qu'il se rendit compte qu'ils n'avaient jamais cessé d'être grands ouverts, mais que le torrent d'images qui par là déboulaient dans son crâne n'avaient plus aucun sens, qu'elles se soudaient et se télescopaient démentiellement avec les images issues des forces vives de son cœur. Où était-il et que faisait-il ? Il lui prenait des étourdissements rien qu'à effleurer cette pensée. Alors il se laissa pousser par le gros homme qui soufflait fort derrière lui, et ils se frayaient un chemin parmi les dos moites et les cous suants, des rideaux de cheveux parfumés s'écartaient devant lui tandis que se rapprochait enfin la sortie. Et tout à coup ils étaient dans le grand vestibule, en haut de l'escalier monumental, l'homme obèse et essoufflé tenant fermement l'autre titubant et hagard, tous deux quasiment insolites sur le palier, comme deux chiures de mouche parmi le marbre et les boiseries brunes, dans l'aveuglant éclairage des lustres de cuivre et de cristal, et il recevait toute cette clarté dans les yeux mais il ne disait rien, il ne cillait pas, encaissant comme un bon boxeur, absorbant ce coup de fouet lumineux, pensant éperdument attends un peu Ti-Paul je suis trop étourdi laisse-moi une chance, et disant :

— Arrête une minute, j'ai mal au cœur.

Alors ils étaient toujours là, en haut du grand escalier, Paul Piette tenant très bien le coup, mais lui, Bernard, chancelant et dérapant littéralement sur place, dans la clarté qui lui graffignait les yeux, éperdu d'ivresse, tout ce qui pouvait lui rester de conscience dévidé hors de lui, sentant son crâne se creuser à l'intérieur comme celui des singes dont on mange tout vif la cervelle à la cuiller dans d'ignobles restaurants formosans... En contrebas, à travers les portes vitrées, il vit que le temps s'était mis à la pluie, ou pas tout à fait, c'était un petit crachin qui ruisselait sur le ciment des trottoirs où tremblotaient les lumières jaunes de la rue.

— O.K., dit Paul, va falloir y aller. Poigne bien la rampe. Moi, je te tiens de l'autre côté.

Mais il se secoua. Il pouvait le faire tout seul. Et il s'apprêtait à descendre quand il eut conscience d'une présence derrière lui. Il se retourna en sachant déjà que ce n'était pas Paul, nullement surpris, au fond, de se retrouver face à face avec Marcel Guilbert, qui l'avait pris par le coude pour bien le retenir et qui approchait du sien un visage ricanant et murmurait d'une voix moqueuse :

— Mon cher, je ne voudrais pas que tu me quittes sur une fausse impression... (Et comme l'autre ne réagissait pas, se bornant à le regarder fixement avec des yeux qui ne comprenaient pas et qui n'avaient pas eu le temps matériel de s'habituer à sa présence, de sorte qu'ils paraissaient regarder d'une certaine façon à travers lui, il ajouta :) Bien entendu, je suis à ta disposition. Si tu veux qu'on règle cette histoire, je suis tout entier à ta disposition...

— Écoute, vieux, fit Paul Piette avec froideur en écartant Guilbert du revers de la main, écoute, ça va faire comme ça. On t'a assez vu pour aujourd'hui, fais du vent.

Mais le critique, sans l'écouter, sans même le regarder, se dégagea et contourna le ventre qui s'était interposé entre lui et Bernard.

— Dans la ruelle, dit-il en se posant là pour le défier, les mains sur les hanches ; juste en arrière, dans la ruelle... Si tu veux. Toi et moi, on règle ça entre hommes...

Mon Dieu ! pensa-t-il en un éclair — tandis qu'au fond de lui-même quelque chose perdait le souffle, comme s'il avait reçu un coup de poing en plein ventre —, dans la ruelle il veut aller dans la ruelle il veut se battre ! À ce moment, il aurait souhaité que tout se mette encore à tourner autour de lui, que pris d'une faiblesse soudaine il s'effondre dans l'escalier, déboulant jusqu'en bas, salement blessé (voyez ce filet de sang à sa tempe, le pauvre !), inconscient et emporté instantanément à des distances incommensurables de Marcel Guilbert... Mais voilà qu'il se sentait lucide de nouveau, et il comprenait très bien tout ce qui était en train de lui arriver. Il se disait qu'il n'avait pas peur, qu'il lui tordrait le cou s'il voulait... Mais il ne pouvait s'empêcher de sentir son cœur trépider dans sa poitrine, cogner si fort qu'il avait presque l'impression qu'il allait lui sortir par les oreilles...

— Guilbert, va donc chier, fit-il enfin en se détournant pour continuer de descendre.

— Ah! si ça te fait peur, c'est autre chose, grinça le critique. Je savais déjà que tu étais un imbécile ; mais je ne savais pas que j'avais affaire à un lâche.

Marcel Guilbert salua d'un mouvement sec de la tête et s'éloigna vers la porte — mais Bernard ne le voyait plus, il ne voyait plus rien car la voix disait toujours *un lâche!* ça lui résonnait jusqu'au fond du cœur et ça lui faisait mal. *Un lâche!* Maintenant, il ne tenait plus la rampe (le dedans de sa main était mouillé et glissant) et il ne savait pas s'il devait avancer ou reculer, ou tout simplement rester planté là — et il vacilla sur ses jambes, faisant même un pas de côté que Paul dut mal interpréter car il le saisit aussitôt par les bras, le ceinturant puissamment, disant dans sa nuque :

— Laisse-le faire, laisse-le s'en aller, calvaire! Tu trouves pas que tu t'es assez donné en spectacle ?

Et Guilbert, qui avait entendu quelque chose, s'était arrêté devant la porte. L'air désinvolte, il attendait, un sourire dédaigneux sur les lèvres.

— J'vas le tuer! hurla Bernard, qui se sentait solidement retenu et incapable de faire un geste. J'vas le tuer !

À présent que Paul l'étreignait dans sa prise de l'ours, il lui semblait qu'il pouvait crier — comme tout à l'heure, lorsqu'on s'était précipité sur eux pour les séparer. Et il hurla de la sorte jusqu'à ce qu'un homme en complet brun, passant tout près de lui, aille parler à l'oreille de Guilbert, qui haussa les épaules et, après un petit salut ironique, sortit dans la pluie.

Plus tard, Bernard crut se rappeler que son ami l'avait soutenu dans l'escalier jusqu'à la porte. Il s'était écoulé beaucoup de temps, estimait-il, depuis que Guilbert était sorti. Puis il n'y eut plus rien, puis le visage de Paul lui apparut de nouveau, tout vibrant et vacillant comme dans un écran de télévision mal réglé.

— Es-tu capable de marcher ? dit Paul en tirant fort sur son bras pour achever de le relever. Arrive, qu'on sacre notre camp d'ici !

— T'as entendu ça, demanda-t-il d'une voix pâteuse, comme si rien ne s'était passé, comme s'il ne s'était pas encore écroulé comme un grand sac vide. T'as déjà vu un p'tit baveux comme ça ?

— Essaie de te tenir debout, fais encore un effort, tabarnouche. Je suis pas pour te porter dans mes bras. Essaie encore, je suis tanné de te relever à tout bout de champ.

Paul poussa la porte, et alors ils étaient en pleine rue Sherbrooke. Il ne se souvenait pas d'avoir marché mais ils étaient à présent sous les lampadaires violents de la rue, dans la poussière d'eau qui tournoyait, charriée par le petit vent noir qui semblait se précipiter du faîte même des immeubles. Et d'ailleurs tout le reste tournoyait aussi. Rendu à l'air frais il se sentait odieusement ivre, soûl à mourir, avec cette désespérante certitude que tôt ou tard il lui faudrait absolument vomir, c'était fatal, tout le bourbier lui remontait incoercible dans l'œsophage malgré ses efforts pour ravaler... Il voulait combattre, il voulait résister à cette nausée ; il essayait comme un forcené de reprendre ses esprits, écarquillant les yeux comme pour faire sortir les vapeurs d'alcool de sous ses paupières, respirant exagérément fort pour bien oxyder ce qui brûlait son sang — mais rien à faire, son estomac révolté semblait lui remplir tout le corps, il avait l'impression d'être un camion-citerne, les haut-le-cœur ne venaient pas encore mais c'était imminent, et il balbutia en se tournant vers Paul Piette :

— On va aller dans une ruelle, quelque part dans une ruelle, parce que je sens que je vais vomir...

— Attends un peu, dit Paul sans s'énerver, retiens-toi, j'en vois justement une là-bas. Mais je me demande pourquoi tu vomis pas tout simplement dans la rue, comme tout le monde...

Et il se retenait, avec des efforts considérables, tandis que Paul le traînait vers la ruelle qu'il avait aperçue et qu'il lui désignait du doigt, bouche ténébreuse qui s'ouvrait derrière un immeuble gris et reluisant de pluie.

Alors ils marchaient dans l'obscurité poisseuse, dans les senteurs miasmeuses de la ruelle... Au fin fond de lui, au moment même où tous les organes de son corps voulaient lui remonter dans la bouche, quelque chose de geignard et d'incohérent tournait en rond et cherchait à se souvenir, mais sans résultat, car tout s'était échappé évaporé, il ne restait dans sa conscience qu'un chaos brumeux où flottait le visage déformé de Marcel Guilbert, où surnageait aussi une impression indéfinissable, une absurde conviction d'avoir posé des gestes qui ne rimaient à rien, ou de les avoir imaginés, puis d'avoir pensé ou entendu des paroles qui sonnaient creux et faux, rien de vraisemblable en tout cas, une image abjecte et floue de lui-même qui pataugeait dans l'incertitude de la mémoire, c'était comme les relents d'un mauvais rêve, un fantasme hideux, une succession échevelée d'événements qu'il aurait aussi bien pu inventer de toutes pièces, de sorte qu'il se retrouvait, lui semblait-il, au cœur même d'une fiction, jouant un rôle sordide dans une sorte de film minable — mais de toute façon, pensa-t-il en appuyant les deux mains sur le mur mouillé de l'immeuble, avec des remous qui lui partaient du ventre et le poignaient jusque derrière les oreilles, de toute façon, tout n'est qu'illusion, rien qu'une infecte illusion...

II

M ais tout n'était que trop réel, et ils étaient bel et bien là, dans le noir gluant de ce fond de cour. Plus rien ne pouvait empêcher cette marée atroce de lui monter dans le corps, il se sentait mal, comme s'il allait mourir debout, foudroyé sur place, contre ce mur dégoulinant. Hébété dans son alcool, abominablement malade, il avait appuyé les mains sur le béton de l'immeuble et, soutenu par Paul Piette, il attendait en ouvrant animalesquement la bouche.

— Vas-y, dit Paul, retiens-toi pas. Laisse-toi aller, ça va te faire du bien...

Et en même temps que Paul le disait, cela était en train de lui arriver. Il ondulait pour ainsi dire de haut en bas, sentant par spasmes affluer dans sa bouche une matière âcre et grumeleuse qu'il dégobillait en toussant... Et quand ce fut terminé, quand il ne resta plus de cette féroce indigestion que des hoquets et des crachements, il vit encore la main de Paul Piette, qui l'avait soutenu tout le long de ce cauchemar et qui, à présent, lui tendait un kleenex. Il s'essuya longuement la bouche, grimaçant, la frottant comme un forcené — comme pour l'effacer elle-même de sa face. Puis il lança le kleenex roulé en boule dans la ruelle. Et il s'aperçut que la pluie avait grossi. La poussière d'eau s'était transformée en hachures glacées qui fouettaient l'asphalte et prenaient la ruelle en enfilade, ruisselant sur la brique, la pierre et le béton des murs, mettant des torrents bouillonnants dans les descentes des gouttières. Ils étaient trempés jusqu'au cœur et, maintenant qu'il avait vomi, il avait froid.

— On va aller prendre un café quelque part, dit-il d'une voix qui lui parut presque normale, en se tournant légèrement pour regarder le profil rond et impassible de Paul. J'ai besoin d'un bon café bien noir. Après, ça va aller mieux...

Et voilà que soudain, comme par quelque impensable tour de passe-passe, ils étaient sortis de la ruelle et qu'ils marchaient dans la rue Sherbrooke. Il ne savait pas comment cela s'était fait, il n'avait pas senti qu'on le guidait, qu'on le halait en le soutenant dans les lumières blêmes de la nuit, sous l'averse froide qui lui coulait dans le cou et le faisait grelotter. Et il titubait laidement dans cette stupeur qui le tenait bien, dans une sorte de demi-lucidité vacillante, aux frontières mêmes de l'inconscience, éperdu, comme sorti de nulle part, chaviré dans sa tête et dans son ventre, sachant qu'il avait vomi comme un cochon et sentant que peut-être cela allait le reprendre, mais incapable de dire ou même d'imaginer comment s'était

opérée la transition entre le pan de mur de béton gris
où il s'était appuyé — et il le revoyait par éclairs, ce
béton reluisant de pluie et de projections immondes —,
entre cette ruelle noire et cette rue dont la lumière
agressive lui arrachait les yeux.

— Non, dit-il en s'arrêtant, laisse faire pour le
café, ramène-moi plutôt à la maison.

Car il n'avait plus de force, il se sentait guenillesque et juste bon à s'écrouler comme n'importe quel
robineux le long de la chaussée pour cuver là toute
cette bière qui continuait de lui fermenter dans le
corps — rester couché ignoblement sur place, dans
l'obscur lavement de la pluie, comme peut-être autrefois son père avait dû le faire, lui que la police
ramassait comme un vieux paquet de chiffons sales et
flanquait à grands coups de pied au cul dans une cellule
du poste de police... Non, il voulait seulement rentrer
chez lui, pour être malade dans son lit et vomir s'il le
fallait dans son propre bol de toilette. Rien d'autre. Et
il pensait désespérément Ti-Paul ramène-moi à la
maison je crois que je vais mourir ! Mais il n'en était
pas là. Il était saisi de gros frissons qui lui faisaient
sauter les épaules et trembler le menton. Il marchait
toujours, mais il n'avait pas réellement conscience de
ses jambes qui s'activaient d'elles-mêmes et de ses
pieds qui éclaboussaient partout en se posant maladroitement dans les flaques. De sorte que, sans qu'il
le sût, ils avaient déjà fait volte-face ; et, tout perdu, il
tâchait de se tenir à la hauteur de Paul Piette qui
marchait quand même diablement vite, et c'est ainsi
que tous deux, le gros homme et l'autre, efflanqué et
replié sur son mal, grimaçant dans sa barbe rousse,

s'étaient enfoncés dans une avenue sombre qui dévalait devant eux.

— Sacrifice ! je commençais à être paqueté, moi
aussi, grogna Paul. Je sais même plus où c'est que j'ai
fourré l'auto...

Mais ça, c'était son problème — lui se bornait à se
tenir debout et à marcher. Il se laissait conduire, avec
la désagréable impression que pendant tout ce temps
il était couché en rond de chien au fond de lui-même
et que son enveloppe hoqueteuse le transportait sans
qu'il y puisse rien faire, sans que les centres de
contrôle puissent agir efficacement sur les mouve-
ments de son corps qui marchait automatiquement
dans ce brassage d'eau et de nuit... Et ils suivaient
le petit torrent qui s'était formé le long de la
bordure du trottoir, recevant en plein visage cette
haleine d'automne, ils avançaient là-dedans sans rien
dire — Paul regardant de tous les côtés pour tâcher
d'apercevoir sa voiture, et lui tout tassé dans son
collet de chemise, grelottant et rotant —, devant eux
l'avenue se perdait au loin dans un rideau mouvant et
brumasseux où jouaient les lueurs bleutées des lampadaires, et il avait l'impression que jamais cette
maudite rue ne les mènerait nulle part, que jamais
elle ne finirait autrement que dans quelque enfouis-
sement monstrueux et qu'ils devraient continuer
comme ça jusqu'à l'épuisement total... Puis il se rendit
compte qu'ils marchaient dans une rue brillamment
éclairée, où des voitures chuintantes passaient à
toute vitesse en soulevant un poudroiement d'eau,
défonçant cette bouillie épaisse et disparaissant dans
un halo de lumière rouge... Et alors, comme sans

transition, ils étaient assis dans la Pontiac. Le terrain de stationnement était presque vide, la montre du tableau de bord indiquait minuit ou à peu près... Dans une quinzaine de minutes il allait être chez lui — pouvoir dormir et être malade en paix dans le logis de la rue Garnier, pensait-il dans la torpeur boueuse de son ivresse, encore un petit effort et ce serait fini... Mais tout se télescopait, tout avait lieu et fuyait trop rapidement, c'était fulgurant, le temps filait au travers de lui comme des rafales de balles traçantes, pas moyen de rien attraper, ah oui c'était bizarre d'avoir la tête pleine de trous noirs, comme des ratés ou des trébuchements, l'immédiat masquait tout, la mémoire était une passoire défoncée : ainsi il ne se souvenait que vaguement d'avoir pris place dans l'auto et déjà — c'était fou ! — ils roulaient dans les rues mouillées de la ville, dans les chamarrures des néons, des vitrines et des feux de circulation.

— Aurais dû lui péter sa grande gueule baveuse, grommela-t-il, regardant sans vraiment le voir le profil toujours impénétrable de Paul Piette qui ne quittait pas des yeux la rue où de temps en temps surgissait une ombre battue par la pluie, des manteaux mouillés ou des robes claires qui aux croisements traversaient dans les faisceaux des phares comme des phalènes et s'estompaient vite dans la nuit liquide.

— Tu capotes, mon vieux, c'est des niaiseries, tout ça... De toute façon, on peut pas dire que t'as pas couru après, hein ? En tout cas, penses-y plus... Y était aussi paqueté que toi... Imagine !

— Pas si paqueté que ça!... C'est pas fini, cette histoire-là, je te le garantis... M'écœure!... J'vas le tuer, le calvaire!

— C'est ça, c'est ça, fit placidement Paul... Tu devrais changer de disque un p'tit peu... Repose-toi... Accote-toi dans le coin, là. Essaie de dormir...

— M'a traité de lâche devant tout le monde, l'écœurant... Devant tout le monde... Une claque sur la gueule, tu l'as vu, hein? J'vas lui arracher les tripes, l'hastie de chien... Il a... il a... moi je pense que...

De toute façon, il ne parvenait plus à mettre des mots sur ce qu'il ressentait, sur les douleurs et les éclairs qui le traversaient, flambée de haine et de colère et d'autre chose qu'il n'arrivait pas à identifier, des sentiments qui sortaient des profondeurs comme des points noirs, comme des fourmis, ça l'envahissait et c'était effrayant, il ne se rappelait pas avoir déjà éprouvé cela (sauf peut-être autrefois, il y avait si longtemps! — et il n'avait pas le goût de repenser à cela dans l'état où il était), en fait c'était brusquement l'avalanche, la déboulade d'images qui papillotaient et clignotaient dans la plus complète anarchie, et cela l'écrasait véritablement, il se voyait soudain minuscule, infime, poussière à jamais anonyme et perdue dans le cosmos, ténébrion emporté par l'immense souffle des temps et des espaces, charrié dans le roulement gigantesque de la continuité, de la prolifération, de la vie dévorante et absurde de tout cet univers démentiel où il était dépourvu, lui ce risible lui, de toute signification et de tout espoir — oui il voyait vraiment cela, tandis que de la lumière et des gerbes d'eau glissaient de l'autre côté de la vitre, il voyait ou croyait voir comment devait s'articuler cette débilitante abstraction, cette menace à gueule de néant, cette extinction de tout, ce retour à l'indifférencié où il se sentait irrésistiblement entraîné... et il se laissait aller à cela, il se laissait couler à pic, comme s'il s'était aspiré et avalé lui-même, c'était à la fois une sorte de malaise profond et une angoisse où il étouffait, un demi-délire comateux où rien n'avait plus de sens ni d'importance une infâme purée de noirceur il tombait à toute vitesse dans cela au secours quelqu'un au loin criait au secours et tout avait goût de mort et — mon Dieu! c'était plein d'amertume dans sa gorge et dans sa bouche... alors il sursauta avec un grognement, se réveillant d'un coup, et à ce moment il lui semblait qu'il n'arrivait même plus à penser, qu'un rouage venait de claquer quelque part en lui et qu'il ne lui restait plus qu'à attendre ce qui allait venir... car il attendait sans trop savoir quoi, il était groggy et il attendait, et il se demanda avec inquiétude quelle était cette calamité qui encore une fois le menaçait et que sans pouvoir l'identifier il redoutait — puis, en un éclair, il comprit qu'il se sentait mal, et il eut le temps de penser c'était donc ça! et il lui vint subitement une atroce envie de vomir, et il hoqueta :

— Paul, Paul, je vais encore vomir. Arrête quelque part, vite...

Instantanément, Paul vira dans une avenue. Tandis que, la main sur la bouche, Bernard croyait déjà voir ses éclaboussures infectes souiller le tableau de bord rutilant, la voiture se rangeait le long du trottoir.

— Vas-y, fit Paul en se penchant par-dessus lui pour lui ouvrir la portière. Gêne-toi pas, y a de la place...

D'un bond, il s'était jeté dehors, arraché littéralement de la banquette, éjecté à quatre pattes sur le trottoir comme un chien malade, vomissant avec de tels efforts qu'il avait presque peur de faire passer du même coup le contenu de ses intestins par la bouche, abject dans cet énorme dégobillage, informe et insignifiant (et il ne pouvait s'empêcher de se rappeler ce petit homme qui parfois et même souvent le soir titubait dans le vestibule et en se heurtant aux murs du corridor parvenait tant bien que mal dans la cuisine où ils mangeaient, lui, sa mère, Jean-Paul, Julien et Gilberte — et plus tard lui seul avec sa mère —, et alors sans même les regarder il zigzaguait vers le réfrigérateur et en tirait une bouteille de bière, qu'il débouchait à petits gestes fébriles et trémulants — quoiqu'à cette époque il ne vît pas encore ces rats qui lui rongeaient l'anus et les couilles, ni les coquerelles et les mille-pattes en rangs serrés sur l'édredon, toutes ces petites bêtes, terrifiantes bibites de cauchemar qui allaient, plus tard, vers la fin, le faire crier comme un dément, ah crier avec une voix de nain hystérique, hurler dans la nuit tandis que les voisins sortaient sur les balcons et qu'on sonnait à la porte et que toute la maison se mettait en branle elle-même tout agitée comme un être vivant, et il criait toujours tandis que la mère et une voisine couraient dans le corridor avec des compresses d'eau

froide et qu'une grosse voix affolée téléphonait au
médecin et que des bruits de pieds refluaient sur le
balcon et descendaient l'escalier sonore et qu'on
entendait peut-être rire quelqu'un dans la rue, et
même après tout cela, et même quand tout ce monde
était sorti et que le médecin se présentait à la porte
avec son portuna, sachant déjà pourquoi on l'avait
appelé à cette heure indue en sentant le vomi et en
entendant le malade fou geindre et en le voyant se
tordre dans son lit, même après que le médecin lui
avait dit *oh là là! mon vieux, calmez-vous, il va falloir vous
calmer, c'est la première fois que ça lui arrive, madame?* et
même alors qu'on lui faisait des injections et que
l'ambulance arrivait devant la maison, pas un instant
il n'avait cessé de crier, à partir du début de la crise ça
n'avait été qu'un long ululement de terreur qui en
fait n'avait jamais faibli, ne serait-ce que pour lui
permettre de respirer, car même au moment où il
était bien obligé de reprendre sinon des forces du
moins son souffle, même dans ces brèves interrup-
tions le cri se poursuivait, vivant apparemment d'une
vie propre, sans aucun doute imprimé dans les têtes
et installé là pour durer, de sorte que plus tard, le
lendemain ou les jours suivants ou plusieurs années
après, le cri n'allait plus cesser de retentir quelque
part, dans la solitude ou dans les rêves de l'un d'eux,
dans les inquiétudes et dans l'angoisse et dans la
détresse, dans les nuits blanches et dans les petits
matins insomniaques, ce hurlement sinistre n'allait
plus jamais s'éteindre, il avait ébranlé des forces qui
dureraient toute l'éternité —, et avant même d'avoir
bu la première gorgée de cette bouteille il saisissait la
caisse derrière la porte et allait s'écraser sur un

fauteuil du salon, sans prendre seulement la peine
d'allumer la lumière il buvait bouteille sur bouteille,
dans le grand silence consterné ils pouvaient l'entendre sucer le goulot et ils se regardaient sans avoir
rien à se dire — mais il arriva aussi que leur mère se
lève de table en jetant violemment sa fourchette dans
son assiette et qu'elle fonce dans le corridor, elle avait
les joues rouges, puis ils purent entendre les froissements de sa robe et de son tablier, puis elle s'écria
ah toi, toi !... tu m'avais promis, tu me l'avais promis !... et
avec des bruits de sanglots et des reniflements elle
s'enfuit dans leur chambre ses souliers claquaient sur
le bois du parquet, puis il n'y eut plus rien, jusqu'à ce
qu'il bafouille, lui, soûl mort et trébuchant même
dans sa bouche, *c'est la dernière fois, Adrienne, la dernière
fois, vrai vrai, je te le promets* —, alors il y avait encore du
silence, un silence lourd et chargé de tension, puis,
parfois, au bout d'un moment il faisait irruption de
nouveau dans le corridor et il se précipitait tout
branlant avec des rots bouillonnants et borborygmeux
dans la gorge et à genoux devant le bol de toilette il
rendait avec des râles et des clapotis ignobles ce qu'il
avait bu pendant et après son travail...).

Quand il se releva, il se sentait mieux. C'est-à-dire
que ça ne tournait plus autant. Et il se rassit à sa
place, à côté de Paul, sans dire un mot, la bouche
encore râpeuse et le souffle évidemment fétide, redoutant la montée d'une nouvelle marée de bile...
Mais ils étaient presque arrivés. Ils roulaient déjà
dans la rue Garnier où les lourds feuillages fouettés
de pluie se balançaient dans le faux jour des lampadaires... Puis ils étaient debout sur le trottoir, dans

l'averse exacerbée qui s'écrasait sur eux, et il se disait
en regardant stupidement l'escalier tournant il va
falloir monter là-dedans ça va pas être un cadeau...
Car la tâche lui paraissait énorme, l'eau dévalait les
marches comme des rapides, ça glougloutait de partout, ç'allait être un peu comme un saumon qui veut
remonter une rivière... Ensuite — quelque chose
comme un siècle plus tard —, il s'aperçut que la main
de Paul serrait son bras et le soutenait guidait, et
alors il était dans l'escalier, il ne tombait pas, non,
marche par marche il le faisait, sans tomber car Paul
le retenait par derrière, poussait en soufflant, le
hissant pour ainsi dire jusqu'au balcon. Et une fois
qu'ils y furent, Paul l'accota comme un balai sur le
mur de brique, à côté de la porte.

— Tiens, bouge pas de là une minute, dit-il en lui
fouillant les poches, marmonnant : mais où est-ce
qu'il a bien pu les fourrer ? puis lui demandant, sans
cesser de fouiller : tes clés, pourrais-tu faire un petit
effort et sortir tes clés ?

Et Paul attendit que l'autre, chancelant et hagard,
eût sorti péniblement ses clés de sa poche et les lui
eût tendues, puis il les prit tranquillement et ouvrit la
porte.

— Ça sert à rien de réveiller Liliane, murmura-t-il
en poussant Bernard devant lui ; faut pas faire exprès
pour faire du bruit.

Alors ils étaient dans le vestibule, puis dans le
corridor, et il criait *Liliane Liliane, es-tu là ?* incapable de
marcher droit, se cognant sur les murs — et cela
réveillait en lui des images qu'il n'aimait pas et dont il

s'efforçait de se détourner, cela soulevait la poussière dans des recoins pas propres de ses placards intérieurs —, rebondissant un peu comme un ballon dans le noir de ce corridor... Et soudain il fit très clair, une lumière jaune les enveloppait et Liliane était là, serrée dans son peignoir rouge, raide debout dans la porte de la chambre, et il lui sembla que Paul Piette lui disait *il est malade comme un chien je l'ai jamais vu comme ça...*

Il ne lui resta plus tard de tout cela, ou du moins des derniers instants de cela, que des souvenirs confus et mirageux. Par exemple, d'avoir été à genoux devant le bol de toilette, faisant des efforts démesurés, misérable et tremblant dans son vomi, souhaitant quasiment mourir plutôt que de supporter plus longtemps cette horreur. Et pendant ce temps, tandis que son ventre remontait dans sa bouche avec de monstrueuses convulsions, il pouvait entendre leurs voix qui bourdonnaient à ses oreilles, et il les entendit aussi lorsqu'il se pencha sur l'évier pour se rincer la bouche et il les entendit encore quand il sortit de nouveau dans le corridor redevenu obscur, pour marcher vers la lumière rosâtre de la cuisine où il alla s'asseoir avec eux à la table. Puis il disait quelque chose comme *non non pas de café pour moi, ça va me faire vomir !* et Paul disait que de toute façon il n'avait rien à perdre et qu'il devait être à présent aussi vide qu'on pouvait l'être, et il se souvint aussi que Liliane l'avait regardé en grimaçant et qu'il s'était senti comme jamais immonde, pas montrable cochon puant mouillé fripé, puis sans qu'il sût vraiment pourquoi il se mit à rire, et Liliane dit *maudit qu'y m'écœure quand y rit comme ça !* Alors elle n'était plus dans la cuisine et Paul pour le réconforter lui donnait des claques sur l'épaule, puis il était à moitié étendu sur le lit et elle le déshabillait, elle lui retirait avec une moue de dégoût ses vêtements souillés qu'elle lançait dans un coin. Il avait sommeil et il avait honte, il aurait voulu l'empêcher de faire cela, de le toucher, l'empêcher de sentir ses ordures, mais il n'y pouvait rien, il n'avait pas plus de force qu'un petit enfant — et de toute façon il se trouvait subitement si bien dans les draps frais et dans la mollesse du matelas... il avait les reins cassés, sa fatigue immense lui remontait le long du dos, il tombait tête première dans un trou rouge et noir, tombait, girait, tournoyait...

*

*   *

Quand il se réveilla, vers dix heures trente, il avait l'impression que la tête allait lui fendre en deux. De longues minutes, il resta là, étendu dans le lit, les yeux grands ouverts, remontant lentement à la surface comme un noyé qui décolle du fond, attendant que les murs cessent de vaciller et de gondoler autour de lui. Il n'avait plus envie de dormir, mais il se sentait horriblement déglingué, boueux jusqu'au cœur, incapable de rassembler ses idées, tout à l'envers dans ses mirages, avec, comme une migraine supplémentaire, le souvenir de Marcel Guilbert, ce souvenir déprimant qui se réveillait en même temps que lui, ce sentiment d'avoir été piétiné, d'avoir été ravalé au rang des cloportes et des amibes — la honte, quelque chose qui vous fait avoir chaud derrière la peau de la

face et qui vous donne envie de vous vomir vous-
même ou de faire un bon nœud coulant avec le
premier bout de corde venu et de vous accrocher par
le cou jusqu'à ce que délivrance s'ensuive... Et il
dérapa comme ça un assez long moment, creux, évidé
comme un fruit dont les insectes ont rongé tout
l'intérieur, et il allait se rendormir lorsqu'il sursauta,
il se retrouvait tout d'un coup assis dans le lit, se
rappelant c'est mercredi calvaire ! c'est mercredi faut
que j'aille travailler... puis il pensa aussi torrieu je suis
bien trop magané pour aller travailler aujourd'hui, ah
non, pas question d'aller aux Éditions de l'Ombre...
De toute façon, il était trop tard... Et alors il fallut se
lever et marcher avec ce corps trémulant et faible, et
il fallut téléphoner pour raconter à une secrétaire
indifférente qu'il n'irait pas au bureau... Et puis,
qu'est-ce que ça pouvait bien foutre, pensait-il aussi
en se versant une tasse du café noir et brûlant que
Liliane avait laissé sur le poêle avant de partir pour
l'université (elle avait également laissé, bien en évi-
dence sur la table, parmi les miettes de toasts, une
feuille de calepin où elle avait écrit : *Tâche de te retrousser*
pour ce soir, j'espère au moins que tu n'as pas oublié la soirée
d'Yvonne, c'est important, mets-toi à l'eau de Vichy et au jus de
tomate, il y en a dans le frigidaire... machinalement, il
déchira le papier en tout petits morceaux qu'il laissa
tomber sur la nappe, oh non ! il n'avait absolument
pas l'intention d'aller se montrer la face à cette soirée
idiote et snobinarde qui lui tombait dessus comme ça
au beau milieu de la semaine !... surtout dans l'état où
il était !), hein ? qu'est-ce que ça pouvait changer qu'il
n'aille pas travailler aujourd'hui ? Un correcteur
d'épreuves de plus ou de moins, un morceau dérisoire

de ce puzzle absurde qu'étaient devenues les Éditions
de l'Ombre... Cette énorme boîte à fabriquer à la
chaîne des livres de torche-culs, où il n'était pas
grand-chose, rien du tout en fait, un zéro, un être
sans visage, un raté anonyme que le directeur des
éditions regardait à peine — et c'était encore pire avec
le directeur littéraire ! — un élément même pas tout à
fait aussi important qu'une poignée de porte, rien de
rien... *Peuvent bien aller chier, les écœurants !* grommela-
t-il sans s'en rendre compte.

Il passa la journée à traîner dans la maison,
dégoûté de tout et surtout de lui-même, attendant
que son mal de bloc passe, se disait-il, pour travailler
à son roman. Il prit de l'aspirine et, au début de
l'après-midi, il n'avait plus mal à la tête. Un peu fripé,
sans doute, mais pas plus. Et alors, pour se mettre en
train, il essaya de lire mais, au bout d'un quart
d'heure, il trouvait Léautaud assommant et il lança le
livre sur le fauteuil, irrité de ne pouvoir se concentrer
sur rien, car à présent le souvenir de Marcel Guilbert
ne lui laissait plus aucun répit, plus d'échappatoire
possible, c'était dans tout lui, pas seulement dans sa
tête, non, cela occupait tout l'espace disponible, cette
image obsédante avait grossi et grossi et voici qu'il ne
restait plus de place pour autre chose, l'image tortu-
rante de Marcel Guilbert, qui le gênait prodigieu-
sement et lui élançait comme une migraine, l'image
intolérable de Guilbert lui faisant face et le narguant
et le giflant à la volée (lui, Bernard Pion !), le souf-
fletant, l'humiliant en public !... Et lui qui avait refusé
de se battre, lui qui avait eu peur, qui s'était conduit
comme un lâche ! Ah, il entendait encore en lui la voix

de Guilbert qui disait *un lâche, j'avais affaire à un lâche...*
et ça lui faisait mal au ventre rien que d'y penser
—comme s'il avait seulement eu besoin d'y penser !
comme si la scène, montée sur son projecteur intime
comme une bande sans fin, ne s'imposait pas toute
seule, le remplissant tout entier, le possédant autant
que peut le faire chez un adolescent le souvenir de ce
premier baiser qui depuis la veille n'a jamais cessé de
lui brûler les lèvres : et c'était justement cela, c'était
en lui comme une brûlure, quelque chose de torride
et d'incendiaire, une passion douloureuse qui s'était
allumée sans qu'il y puisse rien et il sentait bien qu'à
mesure que le temps passait le souvenir de cet affront
devenait tout à fait insupportable, et un moment vint
où il se dit j'aurais dû le tuer sur place ! — à cet
instant même il eut dans les mains une violente envie
de détruire, et il pensa mon Dieu mais est-ce qu'il va
falloir que je vive toujours avec ça ? car il ne pouvait
s'empêcher de penser au poignard finlandais que
Liliane lui avait donné pour son anniversaire et il se
vit en train de le prendre dans le tiroir de sa commode
et de le sortir de son étui de cuir la lame brillait dans
sa main elle était tranchante comme un rasoir on
pouvait même se faire la barbe avec et alors il y avait
juste devant lui le ventre un peu mou de Guilbert il y
enfonçait cette lame et il frappait et frappait encore
en tordant le poignard dans la blessure pour bien
déchirer les intestins... Et subitement il s'aperçut qu'il
tremblait et qu'il avait les dents serrées et il murmura
je dois être en train de virer fou ! C'est pourquoi, après
s'être déshabillé à grands gestes rageurs, il alla se
flanquer sous la douche — pour se changer les idées,
croyait-il en réglant l'eau aussi froide qu'il pouvait le

supporter, chasser ça de lui, se drainer de ce mal qui
le gonflait, cette atroce envie de... Non! tout de
même!... C'était absolument insensé... Non, il allait
sûrement passer à travers sans en arriver là... C'était
invraisemblable, voyons! comment pouvait-on avoir
envie de... oui de poignarder quelqu'un? pensa-t-il
avec un étrange frisson... Au point de vouloir le faire
réellement... Pour vrai!... Ah, il aurait aimé pouvoir
s'arracher ça de la tête... Mais il y pensait toujours
— et il y pensait encore, alors même que du temps
avait passé et qu'il devait bien admettre, avec une sorte
de haut-le-cœur, que pas un instant au cours de cet
après-midi il n'avait réussi à se détourner de cette
épouvantable idée fixe, tandis que l'angoisse lui nouait
le ventre et l'obligeait, deux ou trois fois de suite, à
aller s'accroupir mardeusement sur le bol de toilette,
pendant que la journée foutait le camp et ruisselait en
eau grise sur les vitres sans qu'il fût parvenu à aligner
deux mots sur cette maudite feuille de papier qu'il
avait tout de même osé insérer dans le rouleau de la
machine à écrire (et pourtant c'était en lui, il portait
ça constamment comme une vache gravide, depuis
des mois et même des années — depuis toujours en
fait — ça vivait dans sa tête, tout le roman avec tous
ses détails, tout, l'espèce de saga immense, remplie de
force et de poésie, le chef-d'œuvre qu'il ne lui restait
plus qu'à écrire, car c'était tout là, il n'avait qu'à
fermer les yeux pour que ça apparaisse en cinéma-
scope, le Vieux de la montagne, achevant de vivre
parmi ses souvenirs dans la solitude du mont Saint-
Hilaire, et lui, l'enfant qui avait passé quelques jours
avec le vieillard, l'enfant et le vieillard, ah oui! c'était
clair et net en lui, ça lui descendait quasiment jusque

dans les doigts, de sorte qu'il n'arrivait pas tout à fait
à comprendre pourquoi il était en même temps incapable de l'écrire... mais un jour il le ferait, il leur
montrerait, à tous ces imbéciles... ah ! le merveilleux
roman que ce serait !), mais la feuille était restée
blanche, encore une fois.

Et un peu plus tard, le soir, après un souper
silencieux et morne où il avait annoncé à Liliane son
intention de ne pas l'accompagner à la soirée d'Yvonne,
il se retrouva dans le corridor, accoté sur la porte de
la salle de bains, en train de l'écouter, elle, qui se
baignait barbottait dans l'eau parfumée, puis qui
s'essuyait et s'attifait, sans doute pour elle toute
seule, et aussi pour les débiles qui seraient là, à cette
soirée stupide... À travers la porte verrouillée, il
aurait voulu lui expliquer, lui dire ce qui lui faisait si
mal dans sa tête, lui dire à propos de Marcel Guilbert,
elle comprendrait peut-être ? Mais comment expliquer
ça, cette haine déchirante, cette flambée sauvage qui
lui carbonisait tout l'intérieur, comment dire que
c'était la première fois de sa vie, ou presque, ou du
moins depuis cette écœurante histoire d'oiseau dans
sa cage (non, il n'y penserait pas ! il pouvait chasser
cela de sa tête...), oui oui la première fois qu'il
éprouvait cela, cette passion si intense que c'en était
d'une certaine façon délicieux, comment faire ? Car
c'était toujours là, solidement ancré dans lui comme
un ténia, si férocement crocheté que rien n'allait
pouvoir l'en délivrer, rien — sauf, peut-être, la lame
si tranchante de ce couteau finlandais... Et malgré lui,
un peu à la manière d'un homme agité par un tic, il
chuchotait entre ses lèvres crispées jusqu'à n'être

plus qu'une ligne blanche *j'vas le pleumer l'écœurant j'vas lui arracher les tripes ah le chien sale !* Il se voyait vraiment en train de le faire et ça lui donnait des picotements dans les cheveux et entre les omoplates, mais pour être tout à fait soulagé il avait besoin d'aller plus loin, il fallait qu'il agisse, il le sentait — en tout cas il croyait que c'était cela —, la fureur et la folie étaient toutes chaudes dans ses muscles et surtout dans sa poitrine... Peut-être Liliane aurait-elle pu l'aider si seulement elle avait voulu l'écouter, si seulement il avait osé lui en parler — mais pour ces choses-là aussi, il était déjà trop tard... Et il restait là, l'oreille collée à la porte, l'imaginant maladivement à sa toilette, penchée au-dessus de l'évier, tendant vers le miroir son visage buté et fermé, épilant soigneusement ses sourcils, puis appliquant à gestes mesurés son maquillage, tandis qu'elle pouvait sans doute l'entendre bouger, lui, de l'autre côté, dans le corridor, insistant comme un vendeur d'encyclopédies, refusant de s'éloigner de cette porte, faisant craquer les lattes du parquet sous ses pieds, aussi présent et même hallucinant dans ce corridor, malgré la porte fermée, que s'il avait été là derrière elle, en train de lui lécher le dos et les fesses, c'était en vérité horripilant, et au bout d'un certain temps, n'y tenant plus, elle jeta violemment dans l'évier sa pince à sourcils et se drapant dans son peignoir de ratine elle marcha vers la porte, c'est-à-dire qu'en un bond elle était là, avant même qu'il eût pu se rendre compte qu'elle l'avait fait elle avait ouvert la porte et elle se tenait devant lui, qui l'imaginait encore penchée vers le miroir en train de se pomponner le visage, et elle était là avec la soudaineté foudroyante qu'on prêtait autrefois aux

apparitions, elle était brusquement là, dans le cadre
de la porte, presque trop réelle, frêle figure exaspérée, muette mais criant de tout son corps *ôte-toi de
mon chemin !* de sorte qu'instinctivement il fit un pas de
côté pour la laisser passer, droite et inabordable, pas
tant hargneuse qu'agacée, plus impatiente, excédée
ou simplement dégoûtée que furieuse, et elle disparut
dans la chambre, laissant derrière elle une traînée
d'odeurs, une sorte d'humidité subtile chargée de
parfums discrets, qu'elle évaporait toujours autour
d'elle longtemps après avoir pris son bain, comme si
le principe même de l'eau et du savon l'avait pénétrée
jusque dans ses moelles et que cela — l'odeur et la
fraîcheur — avait pu durer perpétuellement, ou du
moins d'un bain à l'autre...

Aussi ne dit-il rien et ne la suivit-il pas, attendant
dans la cuisine qu'elle ait fini de s'habiller, assis au
bout de la table, immobile, écoutant distraitement les
petits bruits qu'elle faisait avec sa robe et avec ses
souliers, irrité, offusqué de sentir que la pensée de
Marcel Guilbert était à toutes fins utiles indélogeable,
qu'elle s'interposait, quoi qu'il fasse, entre lui et ce
qui était en train de se passer quasiment à son insu
— c'est-à-dire Liliane qui refermait sèchement un
tiroir, puis qui faisait grincer les cintres dans un
placard, puis qui traversait obliquement le corridor et
rentrait dans la cuisine, merveilleuse, pensa-t-il,
sublime avec ses cheveux noirs et sa robe mauve et
ses yeux qui flamboyaient tandis que sa bouche rose
s'ouvrait et que pour la dernière fois, disait-elle, elle
lui demandait s'il ne changeait pas d'avis ; et comme il
haussait les épaules, elle dit d'une voix sifflante :

— Maudit que t'es épais ! Laisse faire, mon grand, je t'oublierai pas dans mes prières, on va s'en reparler !

Et elle se détourna pour sortir, juste au moment où il allait lui dire (mais il le pensait très fort ça rugissait dans sa tête il était tout-puissant !) *disparais, crisse ton camp, tu m'écœures !*... Mais, de toute façon, elle n'était plus là, la pénombre vaseuse du corridor l'avait avalée, et maintenant il pouvait entendre comme de très loin les froissements de l'imperméable, puis le claquement de la porte... Alors ce fut le silence, il était seul — mais pas tout à fait le silence, pas totalement le silence avec tout ce sang qui lui battait aux oreilles, avec cette rumeur folle qui l'emplissait tandis que l'image de Liliane luttait en lui contre celle de Guilbert et, pendant quelques instants, sembla même vouloir l'emporter. C'est-à-dire qu'il était en train de comprendre, dans une espèce de lucidité exacerbée, qu'ils vivaient, elle et lui, les derniers jours ou peut-être même les dernières heures de leur étrange union, il comprenait que seule une certaine forme de l'habitude ou de la routine, une profonde paresse du cœur, les gardait encore ensemble alors qu'ils n'avaient plus rien à se dire et que l'amour —s'il y avait déjà eu amour ! — était mort...

Et soudain, comme un répit, comme une accalmie au beau milieu d'une rage de dents, ça lui arrivait par bouffées, les souvenirs de Liliane, une douleur différente qui occultait l'autre, ah tout ce temps gaspillé et tous ces rêves qui leur avaient glissé entre les doigts ! et voilà qu'il était trop tard il savait qu'il était trop tard, qu'il avait en réalité gâché sa seule et

dernière chance (et puis quoi ? se disait-il, je vais pas
me mettre à brailler sur mon sort !)... mais ça lui
sortait tout seul de la mémoire, les vannes étaient
grandes ouvertes et ça balayait tout, nuage ou torrent
déchaîné ça passait et voilait balayait pour un moment
l'obsession sauvage et lancinante qui s'appelait Marcel
Guilbert, ça lui montait à la tête tout d'un bloc
comme un coup de sang et il était encore ému, au
fond et malgré tout, en revoyant ce petit disco bar où
il s'était aventuré un soir d'hiver avec des ·amis, une
boîte noire et tonitruante où la musique vous cognait
solide, vous rentrait dedans comme des coups de
bélier, vous receviez ça direct dans le plexus, de quoi
vous mettre K.-O. dès le départ, et alors dans l'éclairage multicolore, dans le clignotement démentiel des
lumières stroboscopiques, dans cette obscurité en fin
de compte aveuglante, il la vit — c'est-à-dire qu'il les
aperçut toutes les deux —, pas très loin de la table où
il venait de prendre place avec ses copains gueulards
et assoiffés, il la vit, elle, celle qui lui dirait quelques
minutes plus tard *je m'appelle Liliane,* avec une amie elle
était là, il les voyait assises à une table le long du mur,
en dessous d'une applique où luisait faiblement une
ampoule orangée qui leur dorait la peau on aurait dit
des idoles dans un temple perdu du Yucatan, il les
regardait car elles étaient belles et désirables et
désirées dans cette caverne de tous les ruts où les
mâles bandaillants se trémoussaient sur la piste en
serrant de près des filles en chaleur, passant la cuisse
ou le genou ou même pire dans leur entrejambe qui
mouillait à plein, la main poignant subreptice le fruit
mollasse, et dans l'air raréfié, dans l'air alourdi et
empuanti par les bouffées des fumeurs, il y avait

aussi comme une odeur de sperme et de sueur, ça sentait l'alcool et le cul, du moins on pouvait se figurer cela, un mélange de parfums effluves sexuels comme chez les insectes les messages olfactifs oyez! oyez! c'est le temps de se mettre! un relent indéfinissable qui vous descendait tout droit du nez dans l'enfourchure, quelque chose de violemment érotique ou mieux: de pervers, cochonneries, délires et fantasmes, cet air à peine respirable ne charriait-il pas l'essence de toutes les turpitudes? délicieuse puanteur du vice, jolis fonds de culottes de dentelles tout imprégnés de moiteurs d'organes dont la senteur vous transforme subito en chien museau flairant dans les sécrétions des fentes embrasées des chiennes, oh là là! ça se taponnait sérieux dans les coins sombres, alcôves propices où des membres pâles bougeaient lentement au fond des divans mous, et elles étaient sagement assises à leur table toutes les deux, pas encore vraiment entreprises par les amateurs de chair fraîche, mais ça n'allait pas tarder, car elles étaient offertes comme des huîtres ouvertes, ne restait plus qu'à les gober, la copine de Liliane, cochonne comme tout avec ses cuisses perpétuellement écartées, et elle la Liliane avec ses seins trop petits pour son grand décolleté, ça voulait toujours s'échapper de là-dedans, sa peau pelucheuse dans l'éclairage mouvant et flou qui la léchait comme une langue, oh oui au bout d'un moment les gars ça s'est mis à tourner se braquer la fourche autour, s'arrachaient les yeux à les regarder, et alors ils venaient et se tenaient debout devant elles ils disaient des choses beaux parleurs et elles faisaient non de la tête et ils repartaient avec leur demi-bandage tout poigné dans leur pantalon étroit, tous, même les beaux grands types avec des yeux quasiment maquillés à force d'être trop langoureux et une belle gueule comme elles disent toutes en voyant à la télévision des éphèbes douteux ou des ténébreux à fossettes ou de vieux films où Delon était encore montrable, de sorte qu'il n'osait pas, lui, Bernard Pion, dégingandé et dépourvu de charme, il n'allait quand même pas s'aligner là où des adonis, des gars habitués à draguer les filles, des tombeurs pour ainsi dire professionnels avaient échoué, et il avait fallu que Raoul, toujours ce bon vieux Raoul avec sa grosse tête de grenouille, le prenne par les poignets et qu'il le force à se lever de leur table, tandis que les copains passablement éméchés gueulaient des encouragements, qu'il le tienne par un bras et qu'il le tire — lui se débattait faiblement et riait — jusqu'à la table où les deux filles avaient l'air de trouver la scène passablement drôle, et alors Raoul dit *il osait pas venir vous parler il dit que vous le gênez*, bien entendu Bernard aurait voulu l'étrangler, l'animal! mais il fit comme si de rien n'était et se pencha vers celle qui avait de si somptueux cheveux noirs et il s'excusa *faut pas l'écouter, je voulais pas vous importuner, c'est mon ami qui...* et ne sachant plus que dire il se redressa avec la certitude aiguë de s'être couvert de ridicule, se retournant pour rejoindre Raoul qui s'était empressé de regagner sa place et qui était mort de rire avec les autres, mais il sentit qu'on le touchait à la hanche et il la regarda de nouveau, puis se baissant pour entendre dans le rugissement infernal de la musique il approcha son oreille de la bouche parfumée de cette fille aux longs cheveux bleutés qui lui dit *tu ferais aussi bien de rester, tant qu'à y être*, et elle

riait, et à partir de ce moment le temps se mit à glisser
et à se dérober, tout se fit tout seul en quelque sorte,
si bien qu'à la fin de cette soirée trop courte il avait
dansé avec elle un dernier plain et elle l'avait embrassé
— quand on dit embrassé! —, leurs langues étaient
comme des poissons de feu dans leurs bouches et
Seigneur! oui elle s'était un peu laissé frottiller dans
les poils cette gueule rose qui se mouillait entre ses
cuisses, ne disant même pas non non faut pas non pas
comme ça pas ici — comme elle le dit un peu plus tard,
lorsqu'il la raccompagna chez elle et qu'elle l'embrassa
du bout des lèvres — alors que lui, tout allumé, aurait
voulu mettre ses mains sur ses fesses pour presser
contre son sexe insoutenablement durci le bassin
l'organe le chaud mollusque qui tout à l'heure quand
ils dansaient se laissait frotter et avalait on aurait dit
d'avance son membre à travers les épaisseurs de
tissus de leurs vêtements, alors qu'il aurait voulu la
serrer dans ses bras et l'embrasser langoter jusqu'au
fond de la gorge —, non non, l'embrassant smack! un
p'tit bec de sœur et appuyant ses mains sur sa
poitrine le repoussant en disant *non non, pas ce soir, on se
reverra...* et déjà elle s'était éloignée de lui, elle était
plus qu'à mi-chemin dans l'escalier tournant et ils se
regardaient, leurs haleines faisaient de gros mottons
de buée dans l'air gelé, puis elle se détourna et monta
en sautillant les dernières marches, puis il entendit la
porte qui s'ouvrait et se refermait, puis plus rien il
était tout seul dans la nuit, dans le froid noir de ce
deux heures du matin de février, il s'en allait piteu-
sement chez lui, grosse jambe comme devant (il
essayait de plaisanter et de ricaner mais dans son âme
il était si seul il faisait si noir qu'il aurait voulu

mourir), frustré de tous ces bandaillages inutiles, inassouvi, se maudissant de son manque d'audace, se reprochant amèrement de s'être laissé manipuler comme un collégien — alors que, justement, il n'y avait rien eu de manipulé et qu'il ne lui restait de collégien qu'une envie forcenée de se passer un poignet de première qualité en rentrant à son appartement où il avait emménagé tout seul après sa rupture avec Monique, et ça faisait bien trois mois qu'il vivait comme ça, anachorète malgré lui, sortant peu et forniquant moins encore, s'envoyant en l'air comme ci comme ça à l'occasion mais pas plus, pas souvent en tout cas, désespérant presque de s'arracher de cet état d'abstinence absurde, se voyant déjà réduit à s'acheter une poupée gonflable ou un vagin artificiel à orgasme transistorisé... pas de chance, pensait-il en marchant dans ce froid à vous couper en deux, cette fille, ce soir, cette Liliane, pourquoi n'était-il pas arrivé à la mettre dans son lit comme d'autres l'auraient fait tout naturellement ? attendait-il qu'on le viole ?... ah ! il en aurait bien eu besoin, pourtant, de cette fille ou de n'importe quelle autre pas trop défraîchie, à vrai dire, car en ce moment ça le prenait aux ghosses, c'était tout effervescent ça grouillait les spermatozoïdes là-dedans et il n'avait pas les moyens de se louer une putain pour se faire pomper le tuyau, les videuses de jujubes coûtaient cher, d'autant plus que par les temps qui couraient on n'était jamais sûr qu'on avait affaire à une authentique femelle, malédiction un travesti !! découvrir consterné (mais un peu tard !) que la bouche en train de vous gruger le pipe-line fait partie de l'équipement standard d'un mignon petit mâle comme

qui dirait à cheval sur la frontière et qui vous offre
pour une cinquantaine de dollars tout l'outillage à la
fois, les babines, les tétons, le cul, la queue, ah non,
par exemple !... alors c'était vraiment la mauvaise
humeur, la perspective de se taper une orgie tout seul
dans son petit appartement de la rue Garnier ne
l'emballait pas particulièrement, à trente-quatre ans
hocher en solo le goupillon, oh là là ! quelle triste
chose ! car bien sûr il aurait préféré la main tiède ou le
sexe bouillant de Liliane, dévorer à pleine bouche la
chair juteuse de Liliane plutôt que de se crossailler
mornement par mesure d'hygiène en quelque sorte
(tout à fait comme on grignote un bout de pain rassis
plutôt que de crever de faim)... mais cela devait tout
de même arriver plus tard, il eut enfin l'occasion de
sentir à quel point le corps de Liliane était comme il
l'avait imaginé et même un peu mieux, et il sut qu'elle
adorait faire l'amour et ils le firent souvent puis cela
se renouvela bientôt tous les soirs car elle était venue
vivre avec lui et soudain le petit appartement de la
rue Garnier s'était trouvé tout transformé (bien
entendu la peinture jaunâtre s'écaillait toujours au
plafond et le papier peint se détachait pauvrement
des murs mais cela n'avait plus aucune espèce d'importance depuis qu'il y avait la Lumière), mais de
toute façon elle avait à la longue refait à son image le
décor où elle allait habiter avec lui, elle avait tapissé
elle-même la cuisine et la salle de bains et leur
chambre, elle avait orné les murs de reproductions de
tableaux, dans toute la maison flotta désormais
quelque chose de sa féminité, ou plus que cela, il
voulait dire plus que féminité, il voulait dire essence
même de la femme, la présence complète et globale de

cet être passionné jusqu'à la violence, qui était venu et s'était installé dans sa vie comme si de tout temps elle, Liliane, avait été destinée à cela et que son irruption dans les habitudes de Bernard eût été programmée dès leur naissance à tous deux, elle était venue tout simplement et lui avait dit *je t'aime*, un peu comme d'autres auraient dit j'ai soif, et il avait d'une certaine façon subi cette situation qu'il trouvait embarrassante au possible et qu'il avait toujours jusque-là soigneusement évitée, c'est-à-dire qu'il n'avait dès cet instant plus su que dire ni que faire, il n'y avait pas dans sa bouche ni dans sa tête (peut-être quelque part dans un recoin poussiéreux de son cœur, mais ça, il ne le savait pas, du moins pas encore) les mots qu'il aurait fallu pour répondre à cela, car les mots *je t'aime* étaient véritablement pour lui une sorte de formule sacrée, des mots aussi imprononçables que le YHVH des kabbalistes, des sons qu'il ne pouvait se résoudre à proférer, peut-être par crainte de mentir, ou encore de ne pas posséder en lui les fonds suffisants pour honorer cette espèce de chèque tiré sur les sentiments et sur les désarrois du cœur...

Dès le début, il aurait d'ailleurs pu prévoir qu'il fallait plus que ces miettes à une fille comme Liliane — ou, au fond, à qui que ce fût... À peine quelques mois de ce duo à une voix, et voilà que rien n'allait plus... Ça ne pouvait pas marcher, c'était presque logique, il le savait bien et, au fond, il l'avait toujours su — bien plus, il n'avait jamais vraiment compris comment elle avait pu se sentir attirée par lui... pourquoi lui et précisément lui? se demandait-il souvent, pourquoi un type sans argent ni beauté ni avenir, sans le moindre charme, alors qu'elle n'avait qu'à remuer le petit doigt pour que ça tombe à ses pieds, ça se serait écrasé par essaims, les beaux baiseurs roulant Corvette ou Mercedes, en voulez-vous, en v'là !... Sans doute un caprice, fallait croire, perversion rare, déviation sexuelle à classifier dans les archives des Krafft Ebing et des Magnus Hirschfield de notre temps, herr Doktors voici une splendide jeune femme qui jouit, par une sorte de masochisme larvé, à s'avilir dans la compagnie, les bras et le lit d'un homme sans attrait et sans talent, un rien du tout je vous dis ! cas pathologique bien entendu, regardez-la, mouille sans doute sa culotte rien que d'y penser (c'est mieux encore et plus pervers que d'être fouettée avec un chat à sept queues ou piétinée avec des semelles de scaphandrier), oui, c'était probablement cela qui la galvanisait, essayer voir, se glisser dans le lit d'un médiocre juste pour savoir l'effet que ça fait, comment ça bande, ce que ça peut avoir entre la queue et la cervelle, petit morveux qui se prend pour un écrivain, pouah !... Et elle devait leur raconter ça, à ses morpions cravatés avec qui elle se sentait si bien, là où elle se rendait précisément ce soir, chez la grosse Yvonne, tous ensemble ils devaient piquer de ces crises de fou rire, à se rouler par terre... Mais non, quand même pas cela, il savait bien que ça n'avait pas de sens, délire paranoïaque quasiment, se méfier, peut vous jouer des tours parfois... En fait, il ne savait pas pourquoi ni comment, au juste, ça s'était détérioré entre elle et lui, ou il ne voulait pas le savoir... Et puis, ce soir, il s'en foutait, voilà... Il savait seulement que cela avait lieu, était en ce moment même en train de se faire ou de se défaire, il n'y pouvait plus rien...

Déjà, au cours de l'été, les signes annonciateurs de ce genre d'escalade qui mène, sinon à la haine, du moins à la rupture, des symptômes pour le moins alarmants s'étaient présentés, sans qu'il sût les interpréter pour ce qu'ils étaient, pas plus qu'à présent il n'arrivait à les relier directement à cette situation qui évoluait en quelque sorte malgré lui, ou du moins sans qu'il y pût changer grand-chose — de même qu'avec les mains nues on ne peut détourner le cours d'une rivière ou faire dévier une balle de fusil... C'était l'été dernier, après ces vacances pourtant paisibles sur la côte atlantique des États-Unis. À la fin, il ne leur restait plus beaucoup de temps et ils étaient rentrés à Montréal en forçant les étapes, ils avaient roulé d'une traite depuis Providence, levés avant l'aube et partis comme des fous sur la route, longeant un bout de temps l'océan tout gris comme un crayonnage à la mine de plomb sous le ciel dur de juillet, toute la journée ils avaient conduit dans la chaleur dévorante, la bouche asséchée par la poussière de la route, refusant de s'arrêter pour manger, grignotant des chips, buvant de la bière tiède à même la cannette sans lâcher le volant et sans lever le pied de l'accélérateur — rangeant tout juste la Renault 5 de Liliane sur l'accotement pour aller pisser, le long des highways bordés de forêts d'épinettes, toujours dans l'arrosage infernal de ce soleil qui les suivait comme une malédiction, puis ils traversèrent les Appalaches et ils durent s'arrêter encore pour aller, Liliane et lui, rompus et taciturnes, pisser quelque

part derrière un arbre ou dans un buisson, libérés
pour un moment de la fureur de leur course mais pas
vraiment arrêtés, pas immobiles comme ils pourraient l'être le lendemain dans l'appartement de la rue
Garnier, non, car il y avait encore et toujours en eux
la trépidation de ce voyage insensé sous un ciel
tellement bleu qu'il avait l'air d'une feuille de plastique, leur vitesse grondante sur l'asphalte brûlant, le
dévidement abrutissant des murailles végétales et des
rochers rougeâtres et des bicoques grises tout de
guingois dans les champs de maïs encore vert et
les vaches et les poulains et les carcasses d'autos, tout
cela menait encore un train d'enfer dans leur tête
tandis que leur corps apparemment immobile se
relâchait dans le jeu des sphincters, pissant ou défé-
quant dans les hautes herbes chatouillantes, tandis
que des corneilles s'envolaient du faîte d'une talle de
sapins noirs et que les moustiques silaient dans leurs
oreilles et que le grand vent des montagnes passait
sur eux comme une main et les tenait dans une
immense caresse qui faisait ployer les foins et gémir
les feuillages... puis ils remontaient dans la vieille
Renault, poussive et fumante dans les côtes, roulant
ses derniers roulements de mécanique à l'agonie,
capable tout juste d'atteindre Montréal et de les
ramener à leur logis avant de rendre comme qui
dirait le dernier soupir et de péter de partout et de
laisser gicler son huile par toutes ses fentes, un peu
comme un mourant qui ne peut plus rien garder et
qui rend doucement, sans effort, les dernières gorgées
de liquide qu'on a voulu lui faire boire. Puis ils furent
dans leur chambre qui sentait le renfermé, dans
l'espèce de fraîcheur équivoque des maisons inhabi-

tées et closes de toutes parts durant les canicules. Et
ils se déshabillèrent, sans dire un mot, rageusement
ils arrachaient leurs vêtements sans se quitter des
yeux, comme deux duellistes qui vont se battre.
Quand ils furent nus, ils se jetèrent l'un sur l'autre.
Tandis que le jour décroissait et que des roseurs de
crépuscule passaient sous le store à moitié baissé,
malgré leur épuisement et l'exaspération qui vibrait
au fond d'eux, ils firent l'amour. C'était comme deux
bêtes féroces qui auraient cherché à se déchirer et à
s'entredévorer. C'était l'amour à pleines dents, toutes
griffes dehors, comme un vieux compte à régler dans
ce furieux pistonnage du bas-ventre. Leurs corps
exténués reluisaient dans la pénombre — il allait
toujours se souvenir de l'odeur âcre des aisselles de
Liliane qui, ce soir-là, s'ouvrait sous lui comme un
puits sans fond où il se sentait littéralement tomber.
Et ils le firent ainsi pendant de longues minutes,
grondant et feulant, unis seulement par leur volonté
tendue comme une corde de violon. Mais il sentit
soudain que rien ne serait possible. La fatigue invraisemblable de ce voyage hallucinant lui remontait le
long de la colonne vertébrale et le poignait dans la
nuque. Il se sentait mollir. Alors il se retira d'elle,
sans un mot, et il se laissa rouler sur le dos en
soufflant. Un instant, il n'y eut rien. Pas un bruit, pas
le moindre mouvement dans cette chambre qui sentait la sueur et où une sorte de courant électrique, un
substrat de violence et de passion zébrait littéralement l'air d'un mur à l'autre. Puis elle s'assit dans le
lit. Sans même le regarder, elle se masturba violemment, à gros coups qui faisaient tressauter le lit aussi
bien qu'auraient pu le faire tous les coups de reins de

tous les gars du monde, se maniant férocement, ne faisant pas le détail et ne recherchant visiblement pas les subtilités du point G, non non, se manualisant solide, comme si elle avait eu non pas un clitoris mais un membre de bonne grosseur. Et elle se mit à l'injurier tout bas, sans hâte, avec une sorte d'application sauvage, l'injuriant avec les mots les plus obscènes et les plus orduriers, secouant le lit au rythme dément de son tripotage forcené, jusqu'à ce qu'il n'en puisse plus et sorte de la chambre en claquant la porte, tout étonné de n'avoir rien dit, d'avoir fait exactement comme s'il n'avait pas eu dans les mains une brûlante envie de l'étrangler, elle, qu'il entendait rire de l'autre côté de la porte, rire ou pleurer, tandis que croissait en lui une sorte de rage démesurée, une fureur bestiale qui remontait de ses abysses et qui le faisait crier au fond de lui-même *je vais te tordre ton calvaire de p'tit cou de canard, je vais te faire vomir le sang!*

*

*   *

Il regarda sa montre. Le temps n'avait pas vraiment passé, il se retrouvait en somme au même point, au creux de l'étrange silence qui avait suivi le départ de Liliane, il était encore assis sur cette chaise de cuisine, comme un cadavre, à peine distrait un instant de la lancinante pensée de Marcel Guilbert, qui avait décidément l'air pyrogravée dans son âme et qui lui faisait toujours aussi mal, se rendant compte soudain de cela, de cette permanence de la douleur —comme un grand brûlé qu'on a réussi à endormir à coups de soporifiques et qui reprend conscience au beau milieu de la nuit, dans les douleurs intolérables de ses chairs à vif —, de sorte qu'en un instant l'image de Liliane, le moindre atome de pensée de Liliane fut balayé dans quelque chose comme des ténèbres extérieures et qu'il retomba face à face avec son obsession, la gifle, l'insulte mortelle, l'affront auquel on ne peut pas survivre, son idée fixe plus douloureuse que jamais qui se levait de nouveau au fond de lui comme un chat fou et, toutes griffes dehors, le lacérait insupportablement.

Ça se peut pas! sacrament, ça se peut pas! s'écria-t-il subitement, malgré lui, se faisant sursauter lui-même. Il s'était levé d'un mouvement si brusque que sa chaise était tombée par terre derrière lui, et il se tenait là dans l'éclairage jaune du plafonnier, avec de la sueur plein les aisselles et sa chemise qui lui collait dans le dos, il avait chaud à la tête ça lui mouillait le bord des cheveux sur le front, il n'arrivait plus à retrouver le nom de ce petit bar où le Guilbert passait ses soirées, non, il n'y arrivait pas... Mais Paul le savait, lui, et il savait aussi où habitait cet étron sale... Un petit coup de fil à Paul, et il saurait tout ce qu'il avait besoin de savoir pour en finir avec tout ça... Pourvu que Paul soit revenu de Québec, pensa-t-il en empoignant le téléphone...

III

L'enseigne de tôle de *La Cucurbite* se balançait doucement à une potence de fer plat, au-dessus de la porte vitrée qui s'ouvrait à tout instant sur la rumeur grasse et la fumée de la salle. Tout en s'arrêtant devant le vaste vitrage à carreaux de la façade, il remarqua avec une certaine satisfaction que l'enseigne grinçait dans le vent et dans la pluie, exactement comme il aurait voulu qu'elle le fît s'il avait été le héros d'un roman (se voyant en un éclair vêtu d'un pourpoint de brocart ou d'un manteau couleur de muraille, Cartouche ou Lacenaire, conspirateur, coupe-jarret, ou mieux : chevalier arborant un blanc plumet, oh oui beau seigneur masqué marchant dans les venelles ténébreuses de Valladolid, hidalgo ses éperons sonnent clair sur les pavés sa rapière en bon acier de Tolède bat contre sa cuisse gauche il faudra faire vite croiser le fer passer sa botte secrète le coucher raide avec un trou noir dans la poitrine, puis

revenir donner la sérénade sous la loggia grillagée de
la señorita Del Flor et peut-être qu'elle lui lancera
une rose il la portera sur son cœur et peut-être aussi
que ni le père ni la duègne ne sera là et qu'il pourra
en se hissant sur son cheval grimper dans la loggia et
que ses lèvres seront comme le rouge des grenades et
que dans ses bras elle fondra comme du caramel
d'amour la manger...)

Il toucha du bout des doigts le manche du poignard, sous son coupe-vent, et il lui vint brusquement deux ou trois gros battements de cœur. Mon
Dieu, pensa-t-il éperdument, est-il possible que je
puisse faire cela ? Et comme l'idée de l'acte qu'il allait
commettre l'agaçait jusque dans les dents, il secoua la
tête et fit quelques pas vers la rue du Parc en prenant
de profondes inspirations pour essayer de se calmer.
Il s'arrêta un moment à l'intersection. Rue du Parc,
les petits restaurants grecs étaient en pleine effer-
vescence, les passants se hâtaient dans le crachin,
quelques jeunes en vestes de jeans détrempées, un
Juif avec sa femme clopinant comme deux corbeaux,
puis la porte du club topless, en face, qui s'ouvrait et
dégobillait un flot de voyeurs sur le trottoir reluisant
où se reflétait l'enseigne pétante de lumière rouge et
jaune du Vulvattic Supersex Club. Mais il ne voyait
pas réellement cela, il était comme debout à l'intérieur de sa tête. Il soupira et revint se poster devant
le bar. Et il se tenait là, indifférent à la pluie fine qui
poudroyait sur son visage, il restait planté droit
devant la façade vitrée de cette espèce de caverne
enfumée et vacarmeuse. Parmi les portes et les
vitrines ternes de la rue, le vitrage de *La Cucurbite*

crachait littéralement un feu d'enfer, ça rougeoyait
là-dedans, il pouvait voir des formes vagues qui se
tordaient de l'autre côté de la vitre un peu embuée et
mouillée par la pluie, au travers de laquelle lui
parvenait le grondement de cette houle de buveurs.
En approchant le visage des petits carreaux, il arrivait
à voir assez nettement à l'intérieur, il pouvait distinguer des torses multicolores qui s'agitaient autour de
petites tables, des chatoiements de tissus, des cheve-
lures, des visages fripés, blêmes ou violemment maquillés, et tout cela grouillait dans la fumée bleue qui
paraissait assez épaisse pour faire sauter le vitrage,
et ça buvait de la bière ou de petits verres de
n'importe quoi autour de ces tables rondes à dessus
de faux marbre, dans un tintamarre invraisemblable,
dans un bruit de marée, une seule et énorme vocifé-
ration informe, qui avait positivement quelque chose
de bas et d'obscène... Mais où était-il, ce Guilbert ?
Comment le retrouver parmi toutes ces têtes qui
n'arrêtaient jamais de se déplacer dans la lumière
rousse, visage perdu parmi la mosaïque des visages,
parmi les mains qui bougeaient, parmi les bocks où
clapotait la bière, parmi les dos et les flancs qui
passaient devant le vitrage et qui s'interposaient de
longs moments, puis glissaient de côté et disparais-
saient, comme avalés par la fumée des cigarettes et
des pipes qui soudait ensemble toutes ces formes et
toutes ces couleurs. Et quand la porte s'ouvrait et
que le vacarme des voix et des piétinements et des
verres entrechoqués s'enflait soudain comme une
lame de fond, il se rejetait vivement en arrière. Il
faisait semblant de se promener en attendant quelqu'un, s'éloignait de *La Cucurbite* — surtout ne pas

attirer l'attention, vraiment pas le moment d'avoir l'air d'un écornifleur! Puis il retournait se poster devant le vitrage, les poings crispés au fond de ses poches, les yeux tout plissés à force de sonder les profondeurs indistinctes et gluantes de ce bar où il n'arrivait décidément pas à repérer Guilbert. Peut-être qu'il n'est pas venu, eut-il juste le temps de penser, peut-être qu'il est resté chez lui ce soir...

Et juste à ce moment il sentit encore une fois cette mauvaise pulsation au creux de sa poitrine : il venait de l'apercevoir, là-bas, à peu près en face de la porte, assis avec deux amis à cette table où il avait été jusque-là dissimulé par ce couple qui à présent s'était levé et marchait vers la sortie. Il buvait du scotch — c'était sans doute du scotch — avec une application grave, droit et maigre, essuyant du revers de la main des gouttes qui étaient restées dans sa moustache et dans sa courte barbe pointue. *Cette fois, c'est vrai!* s'entendit-il rugir comme un déchaîné au fond de sa tête, *cette fois, ça va y être! il est fini!* (et en fait, cela criait véritablement en lui, c'était une haute voix pathé-tique qui s'élevait quelque part dans ses profondeurs obscures, comme si d'un instant à l'autre la pièce de théâtre allait commencer, le mélodrame où il allait être à la fois comédien et spectateur, une tragédie noire en un seul acte, en un seul acte épouvantable qui allait pour ainsi dire l'épingler à cet instant précis de sa vie comme un scarabée sur un bouchon de liège, car il comprenait très bien que cela allait marquer la fin de tout, ou le commencement d'autre chose ? — comment savoir, comment raisonner juste dans la fureur et la honte, avec en plus quelque chose

de pire, une révulsion de l'âme, une grimace de tout
l'intérieur qui aurait bien pu ressembler de nouveau,
ô l'insoutenable soupçon! à de la peur, ou plus bas
encore que la simple peur, à une terreur tout bonnement viscérale, une frayeur sans mesure et sans
nom, une abjecte panique d'animal traqué, ou de
petit enfant dans son lit, qui entend son père ivre
marcher dans le corridor pour venir le battre et lui
tordre les bras)...

Comme le couple sortait du bar, il s'éloigna préci-
pitamment, le cœur lui sautant pour ainsi dire dans la
bouche; il sentait qu'il étouffait et que même s'il
ouvrait la mâchoire toute grande il n'arriverait pas à
respirer suffisamment d'air pour chasser ce malaise...
En revenant devant le vitrage, qui flamboyait toujours comme une fenêtre de l'enfer dans le soir pas
très sombre de la rue, il se souvint que tout à l'heure,
avant de sortir de chez lui, il avait regardé le poignard, la lame d'acier finlandais qu'il avait fait mi-
roiter à la lumière du salon et où il pouvait lire le mot
Fiskars gravé dans le métal brillant. Liliane le lui avait
acheté chez Canadian Tire quand elle avait cru qu'il
se déciderait enfin à faire du camping avec elle
dans les Laurentides. Bien entendu, rien ne s'était
passé — et elle avait dû finir par comprendre
que de toute façon il ne se passerait jamais rien.
C'était un bon poignard à manche noir, bien en main,
parfaitement équilibré et terriblement affilé, qui avait
été conçu, pensait-il avec un frisson incontrôlable,
pour ouvrir d'un coup, zip! le ventre blanc des
brochets ou des truites, ou pour tailler sans effort
dans la panse tendre des chevreuils ou des caribous,

entrailles fumantes répandues sur la neige (il avait
vu cela dans un film de l'O.N.F., c'était boucherie
rouge dans les forêts gelées de la Kaniapiscau, le
grand abattage, ça vous enlevait le goût de manger
de la viande quand vous vous rappeliez les détona-
tions des gros calibres et l'écroulement de l'orignal
foudroyé, puis la curée, les couteaux qui s'enfoncent
dans la chair tendue du ventre et qui coupent à larges
gestes, poignards sachant poignarder, voici gicler le
sang de cette bête à peine morte, encore trépidante
de sa course, et c'est cela cette viande pantelante que
vous emportez dans un sac sur votre dos, c'est cela, à
présent équarri, une bête superbe dont vous ne
laissez derrière vous qu'un amas de tripaille que le
gel commence à saisir, il se rappelait aussi les Naskapis, les Montagnais Naskapis, le truc confiture qu'ils
fricotaient avec la panse des caribous, le tuk-ushkas-
seken, panse de caribou surie, et les vieillards édentés
qui se repaissent des fœtus arrachés du ventre des
femelles), il pensait à cela tout en essayant éperdument d'expulser de lui ce flot d'images hideuses,
car il avait la tête remplie de scènes de carnage et il se
disait que oui, bien sûr que oui, c'était bien le
poignard pour faire ce genre de travail, ou, mieux
encore, en plein le genre de poignard que ça prend
pour découdre la panse d'un petit baveux comme le
Guilbert — mais il n'osait pas tout à fait le penser, ou
du moins pas directement, pas comme ça en pleine
face, de sorte que ça avait lieu tout de même, mais
obliquement, comme s'il avait été contraint de regarder ces horreurs du coin de l'œil, incapable de faire
comme s'il n'était pas hanté par cela, car l'idée, ou
l'image de l'idée, était à présent en plein centre de lui,

déjà installée, on aurait dit, au cœur de ses souvenirs, dans la mémoire de ce qu'il allait commettre. Il ne pouvait s'empêcher de vivre cette scène absurde d'avance et comme par procuration, d'imaginer ce que ce serait au moment où il pousserait la lame à travers la chemise, dans le mou du ventre, le bruit que ça ferait quand la chair céderait sous la pression de la pointe, quand la lame tranchante comme un rasoir inciserait les muscles la viande de l'abdomen et tailladerait les organes, tandis que le sang épais et brunâtre se mettrait à pisser gros comme le pouce et fatalement en un rien de temps souillerait à jamais — pour toute sa vie et même plus — la main et l'avant-bras de Bernard... En fait, tout l'après-midi, il n'avait cessé d'imaginer toutes sortes de scénarios qui, en définitive, revenaient toujours au même, à cette immonde boucherie dont la seule idée lui faisait lever le cœur... Mais il le fallait... Pas le choix... Ça poussait en lui quasiment comme une envie de chier, ah oui se libérer de cette obsession, le soulagement il pouvait l'imaginer, ni vu ni connu, laissant dans un coin noir le cadavre de Guilbert, échangeant une obsession pour une autre, il le savait, mais c'était comme ça... on verra plus tard... Car ce soir-même tout serait fini... C'était fou et tout à fait impensable : il n'arri-verait donc pas à se fléchir et à s'empêcher d'accom-plir ce geste absurde ?

L'attente s'éternisait. Il savait bien ce qu'un véri-table homme d'action aurait fait à sa place : entrer dans le bar et lui parler. C'était, en réalité, la seule chose à faire. Passer aux actes, comme ça, primaire, sans presque réfléchir, avec une tête à la fois brûlante et

froide de bon bretteur, avec le calme souverain et
l'arrogance glacée d'un duelliste redouté... Il pousserait la porte et entrerait, d'un seul coup, grandiose,
haute figure sortie tout droit du fin fond de tous les
romans oubliés de son enfance, désinvolte et beau...
Puis descendre les trois ou quatre marches qu'il
pouvait voir, là-bas, à droite. Et Marcel Guilbert,
levant la tête et l'apercevant debout devant la table,
ferait un grand geste tout gondolant (il est déjà à
moitié soûl, ça saute aux yeux) pour l'inviter à
s'asseoir — et Bernard s'apercevrait avec un frisson
de satisfaction que les deux amis de Guilbert ne
seraient plus là, comme par enchantement, que le
critique serait tout seul à sa table, à son entière
disposition, comme dans ces rêves où l'on parvient à
tricher, à arranger le déroulement des événements à
notre avantage en feignant d'une certaine façon de
ne pas nous en apercevoir, de sorte que nous arrivons
tout de même à ne pas nous réveiller et que notre
rêve peut se poursuivre sans encombre...

— Tiens, mais si c'est pas Chose, fit Guilbert avec
la gueule molle de quelqu'un qui vient de s'envoyer
cinq ou six scotches on the rocks, viens t'asseoir.

— Fais pas le cave, dit-il froidement en s'efforçant
de fixer son regard au-dessus de la tête de Guilbert.
Et appelle-moi pas Chose.

— Envoye, envoye, bredouilla l'autre, affable jusqu'à la caricature, levant le bras pour attirer l'attention du garçon. Oh ! Eh ! Léo, un bock pour lui et un
autre scotch pour moi, cria-t-il, dominant le tumulte,
tandis que Bernard s'installait raidement sur le bout
d'une chaise. C'est moi qui paye, Toto...

— Je suis venu pour autre chose, tu le sais bien, dit Bernard d'une voix égale. Tu as la mémoire courte, mon vieux, et j'ai bien l'intention de te la rafraîchir.

— Oh là là, s'exclama Guilbert en levant les mains dans un geste désolé, dis-moi pas que t'es encore poigné avec ça !...

— Une gifle, monsieur ! Une gifle !

— Ben oui, une p'tite claque sur la gueule... Et qu'est-ce que ça peut bien faire, tandis qu'il y en a qui mangent des balles d'acier en plein front dans toutes sortes de pays de fous...

— Ou des coups d'épée au petit jour dans un terrain vague... coupa Bernard sans broncher, sans même le regarder... Un beau duel au sabre, peut-être, mon cher ami... La latte de cavalerie. Que diriez-vous de la latte, hein ?

— Au premier sang, naturellement, mon Coco. Un duel au premier sang, morbleu ! Oui, on va bien voir ! Oui, pourquoi pas un duel ?

Et alors ils étaient dans ce terrain vague. C'était le petit matin, des blêmissures de jour commençaient à s'effilocher derrière les buildings. Ils étaient là, frissonnants dans la fraîcheur humide, tous les deux, sans témoins, immobiles, tendus et gaspillant toute leur énergie, on aurait dit, pour s'empêcher de bouger, à trois pas l'un de l'autre dans la lueur sale qui les enveloppait comme un fin brouillard, silencieux, tenant à la main les sabres de cavalerie qui pour le moment ressemblaient plus ou moins aux branches

grisâtres des arbustes dénudés qui les entouraient.
Au loin, la circulation commençait à murmurer dans
la ville, les premiers travailleurs du matin envahis-
saient tout doucement Montréal qui se réveillait. En
tendant l'oreille, on aurait peut-être pu entendre
leur respiration un peu trop courte et oppressée, ou
leurs dents qui grinçaient tandis qu'ils se mesuraient
du regard en attendant ils ne savaient peut-être plus
trop quoi, sans doute qu'il fît plus clair, oui c'était
bien cela, un accord tacite, attendre la lumière du
matin pour ne pas risquer, tout de même, de se
trancher quelque chose ou de se tuer — car ces lames
coupaient invraisemblablement, Bernard en avait des
picotements entre les épaules rien que d'y penser...
Puis, là-bas, au-dessus de cette touffe de vinaigriers,
il y eut de la lumière, du blanc qui se déployait dans le
ciel, c'était comme une géante bulle de lait, un
remous de ciel pâle et liquide qui à toute vitesse
s'étirait dans tous les sens, on aurait dit une incommensurable draperie blanchâtre qu'on aurait été en
train de dérouler sur l'horizon. Et à présent, il faisait
clair, ils pouvaient voir leurs chemises blanches qui
éclataient comme des taches de peinture fluorescente
sur le fond gris et brun du champ vague et des
immeubles noirs tout au fond du décor, comme si
elles avaient été peintes à même la terre pelée et les
touffes de hautes herbes sèches fouettées par le
vent. Et voilà qu'ils étaient en garde. Bernard ne
savait pas comment cela s'était fait, tout se déroulait
très vite, il était tombé en garde dans un élan
prodigieux, jarrets tendus, avec de la sueur qui déjà
lui coulait dans les yeux malgré la fraîcheur du vent...
Et alors ça se passait, cela était en train de se passer,

tout se déroulait si vite, il sentait une terrible crampe qui lui ravageait le poignet et il se disait fébrilement ne tiens pas ton sabre trop serré, le poignet souple, souple — ainsi que le lui avait appris cet excellent maître d'armes, le signor Guido Falconetti qui avait toujours sa salle très fréquentée sur la rue Saint-Vincent, le poignet souple mais d'acier, ressort à fulgurante détente, frapper juste et sec et ouvrir le crâne... Dans les éclairs et les cliquetis des lattes, il se rendit brusquement compte que tout se passait beaucoup trop vite. En fait, Guilbert était un adversaire bien plus coriace qu'il ne l'avait soupçonné. À tout instant, il risquait de se laisser déborder, dégageant sans cesse devant les attaques impétueuses du petit homme furieux, réagissant trop lentement, ne rompant jamais assez sec pour réagir avec une garde haute et passer à l'offensive. (Et, oh oui! il y aurait quelque part derrière un buisson ou au coin d'un mur Liliane qui regarderait cela, le beau duel, les mâles belliqueux s'affrontant dans ce combat d'honneur, et alors il serait blessé, lui le Héros Bernard rejetant la tête en arrière juste à temps pour éviter un moulinet meurtrier de Guilbert, puis portant la main gauche à sa joue où brûle une estafilade, du sang sur son collet, alors ses yeux luisent dans le matin, Liliane voit cela aussi, et voici qu'il fonce à son tour, sabrant avec un poignet de fer, repoussant son adversaire qui recule avec des yeux affolés et une vilaine grimace, et lui le Héros Bernard soudain termine une parade par un renversement et passant sous la lame de Guilbert il lui enfonce son sabre dans le gras de l'épaule, puis, épuisé, tandis que l'autre se tord en gémissant, il s'en va sans se retourner mais voyant tout de même avec son dos et sa nuque qu'elle est là qui le regarde et qui se dit tout émue comme il est beau comme je l'aime !)...

Il s'éloigna de la devanture de *La Cucurbite*, car Guilbert et ses deux amis venaient de se lever et se dirigeaient vers la sortie. Ils sont trois ! ils vont être trois ! se répétait-il avec désespoir, avec une rage, une exaspération brûlante qui montait en lui et noyait tout le reste. Et il se hâtait par les rues sombres, marchant loin des vitrines trop lumineuses, courbant la tête sous l'éclairage jaune ou bleuâtre des lampadaires, se retournant de temps en temps puis reprenant sa marche saccadée — et à présent il fonçait sous de gros arbres qui perdaient leurs feuilles, il se sentait transi jusqu'au cœur par cette pluie impalpable qui flottait dans l'air comme de la brume.

Quand il fut bien sûr d'avoir repéré l'immeuble où demeurait Guilbert (il lut quatre fois le numéro), il revint sur ses pas et rencontra presque aussitôt une ruelle noire où il se jeta. Il n'avait plus qu'à l'attendre. Il verrait bien si les deux autres seraient toujours avec lui... Et il resta là, dans le noir puant de la ruelle, se sentant presque dans un état second, écœuré aussi, déprimé, rempli de cette envie amère d'aller s'écraser quelque part dans un coin pour s'endormir jusqu'à la fin des temps — car c'était une nuit à vouloir se foutre en bas du pont Jacques-Cartier, un ruissellement noir où semblait se liquéfier l'univers tout entier. Tapi contre le mur de brique mouillé, les pieds dans toutes sortes de cochonneries, parmi des poubelles dont l'odeur épaisse lui montait dans le nez, il attendit en essayant de ne penser à rien...

Puis ce ne fut plus une attente, car cet affût
inconfortable, dans la tension et la nausée, se situait
à présent bien au-delà de toute patience. Son exaspération même était tombée. Il ne lui restait plus,
comme un battant de cloche qui oscillait encore en
lui, qu'une détermination aveugle, ou en tout cas ce
que lui appelait détermination, c'est-à-dire quelque
chose comme un entêtement profond, un fronce-
ment buté de tout son être, une inaptitude douloureuse à se reprendre en main et à admettre que toute
cette histoire n'avait pas de sens... D'ailleurs, il
ressentait un dégoût à peu près insurmontable, un
désir fiévreux de partir, de s'enfuir, de renoncer à ce
projet insensé et, en somme, puéril. Mais il continuait
d'attendre et de guetter, parfaitement immobile,
comme s'il avait craint que le moindre mouvement
ne déclenchât chez lui un syndrôme de fuite incontrôlable, que le plus infime déplacement de ses pieds
ne dégénère en une course folle à travers la ville
endormie. Car c'était en lui, de plus en plus fort, de
plus en plus impérieux, cette angoisse hideuse qui
l'avait saisi dès le début de l'après-midi : une main qui
lui écrasait les tripes, une féroce envie de s'accroupir
et de déféquer sur place, de se vider tout entier par
l'anus, de laisser partir dans la frénésie des boyaux
tout son mal de vivre et tout ce qui le blessait au fond
de sa mémoire... Il retint son souffle, et au bout de
quelques instants cela était passé. Tout finissait
toujours par passer.

Il doit être allé boire un dernier verre avec les
deux types, pensait-il pour penser quelque chose, il
va arriver d'une minute à l'autre. Il se disait cela pour

se réconforter aussi, se rendant compte un peu tard que Marcel Guilbert aurait bien pu utiliser sa voiture et que, dans ce cas, il en serait pour ses frais — à moins d'aller le relancer dans son appartement même. Mais cela était hors de question. Et il attendait toujours, se sentant ridicule et insignifiant, tout grelottant dans ce poudroiement d'eau glacée, en embuscade sous l'abri relatif de cet escalier de sauvetage, tandis que les passants courbés sous l'averse, poussant devant eux des parapluies qui ne servaient strictement à rien dans ce crachin qui flottait dans l'air et vous pénétrait de partout, se faisaient vraiment rares sur le trottoir qu'il apercevait très bien d'où il était. Le silence s'installait sur l'avenue. Même les voitures ne passaient plus qu'à de longs intervalles, dans un grand vrombissement liquide, avec une traînée de lumière qui frissonnait sur l'asphalte mouillé.

Quand il fut une heure, puis une heure quinze, et quand il put se dire sans se traiter de lâche que c'était assez, qu'il avait fait tout son possible, qu'on ne pouvait pas en demander davantage même à un homme insulté puisqu'il était maintenant évident que Guilbert ne viendrait pas (a dû aller coucher ailleurs, ivre mort n'a pas pu rentrer, ou, plus vraisemblablement, il sera revenu en voiture, qu'il aille au diable, on se reprendra), alors il comprit avec soulagement qu'il était libéré, que rien ne serait forcé de se passer ce soir et qu'il aurait la possibilité de tout repenser cela. Au fond, il ne s'en tirait pas si mal...

C'est alors qu'il entendit les pas. Depuis un bon bout de temps, il ne passait plus personne dans l'avenue ; et voilà qu'il pouvait entendre ces pas. Il eut brusquement froid dans toute sa poitrine. Il avait l'impression que son cœur était tombé comme une roche jusqu'au fond de son ventre. Machinalement, il tâta le manche de son poignard sous son coupe-vent et vérifia qu'il jouait librement dans son étui. Et en même temps (mais à ce moment-là tout se passa si vite qu'il supposa plus tard que des morceaux de temps s'étaient chevauchés comme des écailles de poisson et que les secondes empiétaient les unes sur les autres, de sorte qu'il se rappela la scène comme si son impulsion et la paralysie de son jugement s'étaient présentées, dans le temps, quelque part pendant ou après que l'apparition de Guilbert se fut offerte devant lui pour se perdre aussi vite au-delà de la ruelle), à cet instant même, il eut le sentiment que tout avait lieu très loin de lui et trop rapidement, comme de l'autre côté d'une vitre de train lancé à toute allure : il distinguait parfaitement dans l'éclairage cru Marcel Guilbert lui-même, tout seul, chétif, qui passait devant la ruelle et presque aussitôt achevait de passer puis sortait de son champ de vision d'un pas hésitant, avec des chancellements d'ivrogne, puis il ne le voyait plus et il comprenait qu'il ne sortirait pas de la ruelle comme il croyait en avoir eu l'intention, qu'il ne bondirait pas comme le tigre qu'il s'était cru, qu'avec un rugissement de rage il n'enfoncerait pas ce poignard dans le ventre de Guilbert, qu'il n'essuierait pas dédaigneusement la lame sur la chemise de sa victime et qu'il ne cracherait pas au visage du petit critique assassiné. Car il fit trois ou quatre pas jusqu'au coin de la ruelle, et de là il le regarda disparaître dans la poudre d'eau, dans la lumière

fausse qui tournoyait liquidement autour de sa forme
fluette qui s'évanouissait — s'évanouissait pour toujours, cela il ne le savait pas encore, il se contentait de
tripoter le manche de son poignard comme un enfant
timide qui joue avec son pénis quand on lui parle, en
regardant le dos étroit de Guilbert se fondre dans la
nuit d'eau, puis en une sorte de mouvement oblique
disparaître dans son immeuble, disparaître à jamais
de l'existence de Bernard Pion, disparaître de sa vie
(non pas de la mémoire, ni des mauvais rêves, ni de
tout le champ des regrets et des hontes et des sales
souvenirs qu'il aurait pu avoir par la suite, quelques
jours ou quelques mois plus tard, mettons, s'il avait
encore disposé d'un avenir, de cette impondérable
marge de temps où se poursuit la durée, la vie, et où
intervient finalement la mort — ce qu'on appelle
ordinairement *le futur*, pour éviter de parler de sursis)
mais seulement de sa vie immédiate : c'est-à-dire qu'à
partir de ce moment Marcel Guilbert ne serait sans
doute plus jamais à la portée de sa main, ni même de
sa voix ou de son regard. Il venait d'entrer dans
son passé, presque abstraitement, comme un nouvel
échec dont il lui faudrait encore porter tout le poids.

*
*   *

Au fond, ce serait une affaire de rien, pensait-il
tout en marchant au hasard dans la bruine : il n'aurait
qu'à faire volte-face, tout simplement, et bientôt il
marcherait de nouveau dans la petite avenue mal
éclairée, glissant sur les feuilles jaunes qui couvrent
le trottoir, mettant les pieds dans des flaques, et

voilà ! il s'arrêterait enfin devant l'immeuble où habite Guilbert et tout serait encore possible... comme prévu, la porte ne serait pas verrouillée... une légère poussée, et il est dans la cage d'escalier, il monte au troisième étage, bouleversé par l'impression d'irréalité, l'espèce de vertige qui l'a saisi dès le moment où il a ouvert la porte et s'est trouvé plongé, d'un seul coup, dans l'atmosphère, les odeurs, l'intimité inquiétante de cette maison inconnue... il n'a pas peur, non non ! il n'a absolument pas peur, mais ça lui donne comme une trépidation dans tout le corps... ce n'est pas tout à fait de l'angoisse — mais les héros aussi connaissent l'angoisse... une vague nausée, même, pourquoi pas ? avec peut-être un imperceptible tremblement de la lèvre inférieure, et la lèvre supérieure qui se soulève en un rictus cynique à la Clint Eastwood — ou comme s'il avait envie de mordre... presque rien... de toute façon, ça n'a pas beaucoup d'importance... voilà qu'il marche dans un corridor faiblement éclairé par des appliques murales, puis qu'il frappe à la porte d'un appartement, ça se passe comme dans les cauchemars, il essaie d'être calme et de ne penser à rien... puis il l'entend qui bouge derrière la porte, il est là, séparé de lui par seulement deux pouces de bois, il y a le bruit de la serrure qu'on manipule, et soudain c'est fait, la porte est entrebâillée, Guilbert passe la tête et demande *qu'est-ce qu'il y a ?* il a la voix vaseuse et les yeux pochés, puis reconnaissant Bernard il reste figé, bouche béante, ne réagissant même pas quand il l'écarte d'un coup d'épaule et fonce dans l'appartement... ça sent probablement la cigarette refroidie là-dedans... le hall est, disons, tapissé de papier à fleurs bleues et baigne dans l'éclairage tamisé qui filtre de la chambre à coucher... *dehors !* crie le Guilbert, *fous-moi le camp d'ici, fais ça vite !...* il crie fort, l'animal, de sorte qu'un moment le Héros Bernard peut croire qu'il a ameuté tout l'immeuble... mais non, rien ne bouge, ils sont là dans le silence retombé, face à face, son coupe-vent et son jeans dégouttant sur la moquette blanche, tandis que le petit homme en pyjama rayé vert et blanc amorce tout doucement un mouvement de retraite... et à ce moment il y aurait une voix de femme... oui une voix de femme, c'est comme une chatte qui ronronne, ça vient de la chambre à coucher, elle dit *Minou, t'en viens-tu ? j'ai frrrrroid...* et au même instant il s'aperçoit que le poignard est dans sa main, comme s'il s'était posé là de lui-même, reluisant dans la pénombre, insolite comme une bête malfaisante, et alors l'autre se met à hurler à tue-tête, Seigneur ! tout se passe d'un seul coup, il bondit, comme un tigre cette fois, pour vrai, avec toute la force de son corps, dans une longue détente silencieuse, sans même souffler plus fort que d'habitude, d'un seul élan il est tout contre Guilbert et du même geste il le frappe puissamment au ventre, où il enfonce la lame tout entière... un moment, ils restent pétrifiés tous les deux, l'un contre l'autre, statuesques et équivoques, le petit homme en pyjama se tenant là, dans une immobilité d'animal empaillé, presque poitrine contre poitrine avec un grand barbu maigre, posant dirait-on pour un roman-photo, ou s'apprêtant à bouger grotesquement, semblables à deux danseurs, ou à deux amants... et comme son adversaire va s'écrouler, Bernard a la présence d'esprit d'arracher le poignard de la blessure... fixant sur lui des yeux agrandis par la stupeur et par la douleur, Guilbert fait entendre une sorte de hoquet ou de gargouillis, tandis que le sang se met à couler à flots ça fait une tache noirâtre qui s'agrandit à toute vitesse dans le tissu du pyjama, répandant dans la pièce son odeur un peu âcre et quasiment métallique mêlée à celle, douceâtre et prenante, du contenu des tripes qui s'écoule aussi par la blessure... et il glisse par terre... il ne tombe pas, il ne s'effondre pas vraiment : il coule, comme de l'eau, comme son propre sang, presque sans bruit, si bien que de façon à peu près imperceptible, en un mouvement continu et d'une certaine façon gracieux, il vient se poser en chien de fusil aux pieds de Bernard... et il râle... et, bien sûr, il y aurait la fille, évidemment la fille, elle aurait forcément entendu quelque chose, alors la voici, à demi nue dans la porte de la chambre, silhouette ondulante et bandante avec sa peau rose ses seins les aréoles larges les mamelons durcis et longs il peut la voir éclairée de trois-quarts elle est très belle et alors elle aperçoit son petit étalon tout ramolli, écrapouti par terre dans sa flaque qui imbibe la moquette, et comme dans les vieux films elle porte le dos de la main à sa bouche et se met à hurler...

*
*   *

À présent, il ne savait plus où il était. Tout tourné vers l'intérieur, il n'avait pas remarqué où il allait et au fond il n'allait nulle part, droit devant lui, il marchait dans des rues qu'il ne connaissait pas, le

long de vieilles grosses maisons de brique et de
pierre, ou devant des clôtures de fer forgé bordant des
parterres mouillés où le vent brassait les feuilles
mortes, il passait sous des arbres qui faisaient comme
une houle chuchotante au-dessus de sa tête et qui
cerclaient les lampadaires d'auréoles jaunes et ver-
dâtres. Où était-il ? C'était fou : il n'arrivait même pas
à se souvenir de quel côté il s'était enfui (quelque part
dans Outremont, sans doute, mais où ?), ni depuis
quand il marchait comme ça. À sa montre il était près
de deux heures, mais ça ne voulait pas dire grand-
chose. Car il se rappelait à peine avoir déguerpi de la
ruelle et avoir dévalé à la course cette avenue avec ses
feuilles jaunes qui couvraient le trottoir d'un tapis
glissant... Puis il ne savait plus très bien... C'était le
trou noir, enfin presque... Même la pluie fine qui
continuait de tomber et lui coulait jusque dans le dos
ne parvenait pas à le secouer, et il frissonnait, en
quelque sorte, sans trop savoir qu'il frissonnait... Il
avait donc erré dans les rues comme un somnambule ?
C'était parfaitement insensé ! Il n'était quand même
pas devenu un zombie !... Et pourtant il sentait nettement que le contrôle des événements lui échappait
de plus en plus, ça l'emportait, course furieuse qui
allait le précipiter dans quoi ? dans quelle horreur
terminale ? comme si des forces extérieures s'étaient
emparées de lui et assuraient désormais sa propre
continuité, sans qu'il puisse rien dire ni rien faire,
absurdement dépossédé de son destin, lui semblait-il,
impuissant comme un type ligoté sur la banquette
arrière d'une voiture sans conducteur lancée à toute
allure... Mais c'était comme ça, il n'y pouvait plus
rien... Le plus désagréable, c'était cette impression de

panne mentale, le grippage de ses rouages intimes qui ne tournaient plus qu'avec peine et à grands grincements, ou pire, la conviction hallucinante qu'on avait arraché un bouchon à l'arrière de son crâne et que toute sa cervelle s'était écoulée par là... Au fond, mieux valait essayer de ne plus penser à tout ça... Concrètement, il ne lui restait plus qu'une chose à faire : rentrer bien sagement au petit appartement de la rue Garnier (bon garçon bon chienchien viens chercher susucre !), ah oui rentrer car Liliane devait être de retour de sa soirée débile... Et à tout prendre, il aurait été préférable qu'il aille se faire chier avec elle à cette creuse réunion mondaine où l'on tète du cognac en levant le petit doigt et où l'on parle pointu avec la bouche en cul de poule ou de vache, patiemment écouter jacasser et caqueter une bonne douzaine de poseurs et de snobettes... Au moins, il n'en serait pas là... Il en aurait été quitte pour supporter les maigres intellectuâtres blafards crachotant de grandes idées, des machins politiques à la gomme, toutes sortes de diarrhées culturelles, séquelles de leurs lectures mal assimilées, et voici les mots longs comme ça qui pètent, oh ça vous place un type ! ça donne même un semblant comme qui dirait d'envergure à ces filles à peu près aussi excitantes qu'un pied de céleri, oui oui il le savait il les avait déjà vus à l'œuvre, ils lui donnaient mal au ventre, mais c'étaient des gens bien, ah pour ça oui ! et leurs soirées ne finissaient jamais tard, si bien qu'à présent elle devait être là, à regarder l'heure, impatiente, pas le moins du monde inquiète mais encore furieuse d'avoir dû aller seule chez ses petits copains, il entendait déjà le refrain qu'elle lui servirait tout à l'heure, et il pouvait aussi la voir comme s'il y était, refusant de se coucher malgré l'heure tardive pour qu'il comprenne bien qu'elle avait dû attendre — elle aurait cru qu'au moins il resterait à la maison —, alors elle était évidemment irritée, puis exaspérée parce qu'il ne rentrait pas, puis féroce de plus en plus à mesure que le temps passait, se mangeant les petites peaux autour des ongles, sacrant et fulminant toute seule à mi-voix, ruminant toutes sortes de rancœurs qui profitaient de l'occasion pour ressortir, elle devait être assise sur le canapé du salon, une jambe repliée sous elle selon son habitude, un livre ouvert dans les mains mais ne lisant pas, l'attendant seulement, dans le susurrement mièvre de la radio allumée pour lui tenir compagnie... Sûrement, pensait-il, pas de doute que ce serait encore la bagarre... Bah! ça ne changeait plus rien...

Les rues étaient tout à fait désertes maintenant, et on n'entendait plus grand-chose, juste un bruit d'eau, une eau noire et glacée que vous dégobillait la nuit (mais ça ne dégobillait pas plus, il le sentait bien, que ce qui était en train de vomir laidement quelque part au fond de lui). Il y avait cela et, de loin en loin, un ronflement mouillé d'automobile. Il marchait plus vite parce qu'il avait froid. Mais c'était surtout à l'intérieur qu'il était transi, bien plus creux que l'épiderme et les couches de graisse, loin au-delà de tous les organes possibles et imaginables, dans des profondeurs inquiétantes où un gros cœur douloureux cognait tout de travers... là où il se sentait sale, ignoble, tout rempli d'ordures et de boues fétides qui se brassaient. Car il ne pouvait s'empêcher d'éprouver comme un grand soulagement quand il pensait que Marcel Guilbert s'était pour ainsi dire dissous dans la nuit — et dans l'irréversibilité du temps. Et c'était cela qui l'écœurait... Ce ramollissement général, ce mollusque baveux qu'il se sentait devenu. N'avait-il pas vraiment eu envie de lui planter son poignard dans le cœur ou de lui trancher la gorge ? pensait-il en serrant les dents... En tout cas, plus maintenant. Toute sa haine était apparemment tombée, sa hantise s'était désagrégée, il ne lui restait plus rien, rien qu'un sentiment d'inutilité, et ce n'était pas exactement le vide intérieur puisqu'il pouvait sentir quelque chose qui lui pesait lourd sur l'âme et qui lui faisait mal, mais tout foutait le camp, il coulait à pic, c'était ridicule... Bien entendu, ce genre de projet n'était pas fait pour être exécuté, se disait-il en essayant d'y croire. Du moins pas par des hommes comme lui... Après tout, il n'avait rien d'un tueur à gages, se répétait-il en ricanant, rien du *hit man,* brute musclée pour jobbes de bras, qui vous casse comme rien à grands coups de barre à clous vos deux jambes de mauvais payeur sur la bordure du trottoir... Au fond, tout cela n'était-il pas qu'un jeu, et ne pouvait-il pas en une pirouette faire comme si rien ne s'était passé ?

Il traversa la rue de biais. Il apercevait là-bas une artère éclairée et encore relativement animée, et ça lui donnait un peu chaud en dedans. Il avait besoin de se retrouver dans la lumière et parmi le grouillement des hommes... Des autos et des gens circulaient, il y faisait lumineux et vivant et il eut soudain envie de courir... Bon, maintenant trouver un taxi pour rentrer au plus sacrant...

Un peu plus tard, il était assis dans ce taxi qui puait la cigarette et le désodorisant. Par le pare-brise où passaient monotonement les essuie-glace, il put bientôt apercevoir les arbres et les clôtures de fer de la rue Garnier écrasés dans la lumière spectrale des lampadaires. Puis il courait dans cette rue qui glou-gloutait tout autour de lui, puis il montait l'escalier tournant, tandis que le taxi démarrait. À présent, il était sur le balcon, grelottant dans ses vêtements glacés qui lui collaient à la peau. Tout ce qu'il lui fallait, c'était un bon bain chaud, se disait-il en sortant sa clé, un bon bain chaud et rien de plus. Puis une bonne nuit de sommeil. Demain, il serait comme neuf.

IV

Comme il refermait la porte derrière lui, immobile soudain dans la pénombre du vestibule étroit où flottait une légère odeur de papier mouillé, il vit un peu de lumière dans la vitre dépolie qui donnait sur le corridor et il pensa : Liliane. Mais déjà il était sur le vieux tapis élimé du couloir ; se sentant fantastiquement vide et écœuré, il restait là, hésitant d'un pied sur l'autre, debout en plein dans la porte du salon, et il la regardait comme s'il la voyait pour la première fois, elle, Liliane, assise à côté de la lampe avec un livre ouvert sur les genoux, tout à fait comme il l'avait imaginée. Et il ne trouva rien à dire quand, sans même jeter un coup d'œil sur lui, elle se leva brusquement, laissant tomber le livre par terre et fermant étroitement son peignoir de ratine. Il ne dit rien non plus quand elle sortit, se glissant comme une ombre dans l'espace étroit qui restait entre lui et le cadre de la porte, son profil fermé et buté

passant comme un coup de hache, ses cheveux noirs
jetant un dernier reflet bleuâtre avant de disparaître
dans le corridor obscur. Un long moment, il resta
sans bouger, osant à peine respirer, écoutant avec
une attention démesurée tous les bruits de la maison,
le choc des talons nus de Liliane sur le bois du
parquet, les tiroirs de la commode ouverts et refermés
peut-être pas avec rage mais au moins avec vigueur,
tous ces signes évidents qui lui jetaient à la face la
mauvaise humeur de Liliane, une de ces colères
rentrées qui la prenaient parfois comme ça, même
sans raison apparente, et qu'il avait fini par bien
connaître et, jusqu'à un certain point, par accepter,
un peu comme on se soumet, plus ou moins malgré
soi et en tout cas avec une certaine dose de fatalisme,
au mauvais temps et au vieillissement.

Débarque pas vite de ses grands chevaux, pensa-
t-il en soupirant, comme si cela pouvait expliquer quoi
que ce fût, comme s'il n'y avait pas eu entre eux ce
profond malaise — sous la surface de leurs gestes, de
leurs paroles et même de leurs pensées les plus
secrètes, il y avait manifestement quelque chose en
train de se désagréger, sur le point de pourrir et de
sentir mauvais. Mais ce soir il ne pouvait pas penser à
cela — il ne voulait penser à rien. Dormir, si possible...
Ça sonnait trop creux dans sa tête, ça ressemblait
presque à une migraine qui lui cognait aux tempes. Il
se sentait fatigué, vanné, rompu en dedans, et l'idée
de la confrontation qui, dans quelques instants, allait
sûrement s'engager avec Liliane, l'idée qu'il faudrait
encore parler pour ne rien dire et malgré le besoin
qu'il avait en ce moment de rentrer en lui-même,

cette seule idée l'exaspérait et lui coupait le souffle. Car il voyait déjà comment cela allait se passer. Il savait d'avance comment elle le regarderait ou ne le regarderait pas, et les mots qu'elle dirait ou ne dirait pas. Comme un scénario tout bien préparé jusque dans les moindres détails. Et cela le tuait, véritablement, cette impression qu'il se souvenait déjà de ce qu'il allait vivre dans quelques instants : et il ne se sentait pas la force de jouer encore son rôle dans cette pénible comédie.

Et pourquoi ne ramasserait-il pas ses affaires, là, comme ça, tout de suite ? se demandait-il en éteignant dans le salon. Ouvrir les tiroirs de la commode, sans un mot et sans un regard, et vrrang ! flanquer tout ça dans sa vieille valise et sortir direct de la maison... En ferait, de drôles de grimaces, la p'tite Liliane... Oui oui, pourquoi ne pas partir avec ce qu'il lui restait de dignité, prendre la rue sans plus attendre ? Faire tout de suite ce qu'ils devraient probablement faire un jour ou l'autre.

Machinalement, il avait enlevé son coupe-vent qui dégouttait sur le parquet du salon. Il le plia en deux et alla le mettre sur le bord de la baignoire. Puis il entra dans la chambre, où elle achevait d'arracher le couvre-lit. Et, tandis qu'elle se glissait sous les couvertures et se couchait en lui tournant le dos, il dit :

— Veux-tu que j'éteigne la lumière ? (disant cela tout bonnement pour dire quelque chose — puisque de toute façon il allait falloir parler — , pour ne pas rester planté là comme un clou dans une poutre, insignifiant et ridicule, veule, espérant vaguement, malgré tout, que ça s'arrangerait tout seul, comme d'habitude); moi, je vais prendre un bain avant...

Il se tut, car il voyait bien qu'elle ne l'écoutait pas. Et puis, à quoi bon? se demandait-il en tirant sur sa chemise tout humide et glacée, à quoi ça servirait de brasser tout ça comme un enfant qui flicflaque avec un bâton dans des eaux pas propres pour faire remonter toutes sortes de mardes? Le silence. Mieux vaut le silence. Plus facile, aussi, plus simple, en tout cas pour ce soir...

— Comment ça s'est passé chez Yvonne? fit-il pourtant, sans pouvoir retenir les mots qui étaient sortis tout seuls. La soirée a l'air d'avoir fini de bonne heure...

Dans le lit, elle était comme un tas de cailloux, petite forme apparemment dure et froide recroquevillée sous les couvertures. Il n'y avait rien à faire. Et, un instant, il se sentit comme débarqué, placé en porte-à-faux par rapport à cette situation qui soudain ne le concernait plus — et il crut qu'il n'arriverait pas à comprendre où lui-même voulait en venir. Il alla s'asseoir sur le bord du lit et lui caressa les cheveux — ses merveilleux cheveux, se disait-il en s'efforçant d'éprouver quelque chose, n'importe quoi, ne serait-ce qu'un pincement de cœur comme on peut en avoir devant les choses qui s'en vont et qui s'éteignent et qui irrémédiablement commencent à nous échapper —, ne sachant plus que dire et d'ailleurs n'ayant pas le moins du monde le goût de parler, attentif au flot de pensées débridées, de souvenirs récents qui se bousculaient en lui... C'est-à-dire que subitement il reprenait conscience et qu'il

pouvait apercevoir, comme sur un immense diapo-
rama, à vol d'oiseau pour ainsi dire, l'ensemble de
ce qu'il avait fait — ou n'avait pas fait —, non
seulement ce soir, mais aussi la veille : il revoyait
en un éclair tout cela, la soirée de beuverie, le
cocktail, la gifle de Marcel Guilbert, tout le truc
d'un seul tenant, synthétisé parfaitement comme si
beaucoup de temps avait passé et qu'il avait disposé
d'un bon recul, si bien que l'incident même qui l'avait
opposé au petit critique littéraire, le soufflet qui, bien
sûr, l'avait fait voir rouge, tout ça lui apparaissait à
présent dans une nouvelle perspective et, en fait,
semblait n'avoir plus d'importance. Du moins, ça ne
lui faisait plus mal de la même façon. C'était bizarre,
un malaise confus, et en tout cas ce n'était plus du
ressentiment ni de la haine, non, il avait l'impression
que c'était encore plus bas, il était tombé à côté de
cela, véritablement, un peu comme un cavalier désar-
çonné par son cheval, et tout ce qu'il ressentait
encore en songeant aux événements des dernières
heures, c'était une sorte de honte noire, c'était comme
une lourdeur de tête qui avait pourtant toutes les
caractéristiques des lourdeurs d'estomac, autrement
dit un profond écœurement qui avait l'air de ne lui
venir de nulle part, une sourde envie de se vomir
dessus, dans sa propre tripaille mentale, dans son
petit monde intérieur à la fois stérile et dégoûtant, de
dégueuler en circuit fermé cette insupportable fadeur
qu'il sentait à sa vie, cette tiédeur douceâtre qui
roulait lentement en lui comme une fumée grasse, et
il était pris d'une lassitude si accablante, si totale, qu'il
n'avait plus qu'une envie : se coucher au plus sacrant
— et dormir, essayer de tout oublier, foncer tête

baissée dans le sommeil, ne pas pouvoir mourir mais, au moins, animal s'anéantir pour quelques heures, espérant qu'il ne rêverait pas, comptant sur la nuit pour tout arranger, dormir dessus comme ils disent, oui oui, et demain reprendre le petit train-train, la rassurante uniformité des jours, se planter à neuf heures aux Éditions de l'Ombre et se dire que la vie est belle, mon Dieu que la vie est belle !

— Et puis ? ne put-il s'empêcher de dire (frappé aussitôt par l'étrange impression d'avoir entendu quelqu'un d'autre parler derrière lui), c'était toujours aussi trippant, chez tes p'tits trous d'cul ?

Elle ne répondit pas. Un moment, il crut même qu'elle avait cessé de respirer.

— Ç'a dû se faire aller la gueule, reprit-il, les intellectuels à cinq cennes... Et toi, Nadîîîne (fit-il d'une voix de fausset), tu crois vraiment, vrrraiment, que Yasser Arafat subventionne le terrorisme international ?... Oh, ma chère !... Et vous travaillez toujours à votre prothèse universitaire sur Barthe ?... Oh là là ! cette subtilité, Paul-André (il était là, au fait, ton crisse de baveux de Paul-André ?), cette puissance d'analyse de l'obvie et de l'obtus... Et vous savez que *Les homos se penchent pour s'ouvrir* a atteint les neuf cent mille exemplaires, quel succès, quel pur chef-d'œuvre, l'écriture poussée dans ses derniers retranchements... Oh non, darling, moi je préfère *la Jambe des dames*, ah le moyen-âge ! les beaux chevaliers en armure blanche qui font l'amour avec une rose entre les lèvres et le zizi doré entre les...

— Ferme donc ta gueule, imbécile, fit-elle d'une voix étouffée par les couvertures. Tu leur vas même pas à la cheville !

— Voyons... voyons donc, dit-il sans cesser de lui caresser les cheveux, résistant de toutes ses forces à l'envie de lui descendre un coup de poing sur la tête. Je disais ça rien que pour rire...

— De toute façon, t'aurais eu l'air déplacé là-dedans. Comme disait Paul-André, justement, pauvre toi, t'es pas informé, t'as pas d'opinion, t'as jamais rien à dire... Tant qu'à aller passer pour un cave et un insignifiant, t'étais bien mieux de pas venir...

Bizarrement, il se sentait presque calme — et surtout très fatigué. Et pourtant quelque chose bouillait en lui et d'une certaine façon ça lui faisait peur. Mais il pouvait encore maîtriser cela, cette sourde irritation qui forçait dans sa gorge. Il pouvait aussi faire comme s'il ne grinçait pas des dents... Au fond, pensait-il, tout ce qu'il aurait voulu, c'était de se dégager de cette espèce de pot de colle où il s'était fourré lui-même. À présent, elle était appuyée sur le coude et le regardait. Elle ne parlait plus, elle respirait fort seulement, n'attendant sans doute plus rien de lui, pas même des mots d'apaisement, rien que le silence — que d'ailleurs il distillait comme d'autres puent la transpiration.

— Peuvent bien parler des insignifiants, dit-il en sentant sa voix lui échapper et s'élever comme un aboiement rauque. Des débiles. Des microcéphales prétentieux... Pis ça prend rien que des dégénérés,

des maudites tartes — comme toi, par exemple — ,
pour aller leur licher le cul. Câlisse de snob!

Il se leva, d'un seul coup, incapable de parler
davantage, comme si sa voix était tombée en panne.
Pendant quelques secondes, il n'y eut rien, pas même
l'écho de ces paroles qu'il aurait voulu ravaler, rien
— vraiment rien, pas seulement le silence redoutable
qui venait de tomber sur eux, pire que cela, pas
seulement ce trou noir, cette espèce de quasar où le
temps même semblait s'être subitement engouffré,
mais un vide absolu comme n'en peuvent rêver que
les astronomes ou les philosophes, un vide incommensurable comme des abîmes d'années-lumières, où
tout un pan de son existence était en train de s'écrouler
silencieusement comme ces explosions ou ces effon-
drements gigantesques qu'on voit de très loin et dont
le bruit ne nous parviendra pas avant plusieurs
secondes... Il s'était mis à marcher entre le lit et le
mur. Subitement, c'était tout chaud en lui, il sentait
des vagues qui lui montaient à la tête comme des
bouffées de fatigue ou une poussée de fièvre.

— Hein? s'écria-t-il, comme s'il poursuivait tout
haut ses réflexions — alors qu'il ne se passait pas
grand-chose dans sa tête et qu'en fait il ne savait
même pas ce qu'il allait lui dire — , hein? t'es pas
obligée de tomber sans connaissance chaque fois que
les copains-copines de la grosse Yvonne lâchent un
pet!... De toute façon, comme tu l'as si bien dit tout à
l'heure, ça devait faire ton affaire que j'y sois pas
allé... J'aurais eu l'air épais, bien sûr, je t'aurais fait
honte...

— Laisse-moi dormir, fit-elle dans une sorte de rugissement contenu. Fous-moi la paix, faut que je me lève de bonne heure, j'ai des cours...

Elle s'était recouchée et de nouveau elle lui tournait le dos. Mais il restait là, adossé au mur, tandis que dans le silence revenu il pouvait entendre, à travers le plancher, la musique que le type du rez-de-chaussée avait encore mise à tue-tête.

— Tu sais pas de quoi tu parles, à part ça, ajouta-t-elle au bout d'un moment. Je me suis même chicanée avec Suzanne à cause de toi... Et comme il ne répondait pas, elle sortit la tête des couvertures pour vérifier s'il était toujours dans la chambre, puis, se tournant carrément vers lui, elle poursuivit : Elle avait bu comme une cochonne et elle disait n'importe quoi... Tu la connais, quand elle est soûle...

— Ah oui, la vache !

— Quand elle a bu un coup, elle devient comme folle, on dirait... En tout cas... Elle a laissé entendre, à un moment donné, que tu devais être le type même du mauvais baiseur, comme elle disait avec son p'tit maudit accent français à la gomme. Mauvais baiseur ! Me dire ça devant tout le monde !

— J'espère que tu l'as remise à sa place !

— Évidemment. Je pouvais pas me laisser dire ça...

— Ah, c'est vrai, ça vous déviarge un amour-propre, coupa-t-il en ricanant. Non, je comprends... Tu pouvais absolument pas la laisser déprécier ton butin... même si tu l'approuvais peut-être dans le fin fond... À bien y penser, ç'aurait été la même chose si elle t'avait dit que tu commençais à faire du ventre...

Elle ne répondit pas tout de suite. Elle le regardait intensément dans les yeux et lui, comme incapable de bouger — fasciné, penserait-il plus tard, littéralement fasciné comme un moineau par un chat — , soutenait son regard sans rien dire, avec des vertiges qui bougeaient derrière ses yeux, s'efforçant de paraître aussi naturel que possible mais sentant bien qu'il n'y arrivait pas du tout.

— Tu me fais chier, dit-elle enfin, très posément, en secouant un peu la tête, ah mon Dieu ! tu me fais chier, des fois, comme c'est pas possible !

— Ben, c'est ça, dit-il, enfin dégagé de cette situation déplaisante et trouvant l'occasion de détourner le regard, c'est ça, puisque je te fais chier tant que ça, va probablement falloir qu'on trouve une solution au plus vite... Ça presse... parce que toi aussi, tu commences à m'écœurer pas mal...

— Inquiète-toi pas, siffla-t-elle, laissant brusquement sortir toute sa rage, furieuse et rouge dans ses cheveux noirs qui faisaient autour de sa tête comme une auréole, fais-toi pas de bile, c'est déjà tout arrangé... Tu vas voir ça, que je t'écœurerai pas longtemps... Tu vas être tranquille pour vrai, mon grand, je te le garantis... Au fond, Suzanne avait raison quand elle disait qu'à ma place elle se poserait de sérieuses questions... que je serais capable de... d'en trouver un vrai, un gars qui... Un homme... Pis elle a dit que j'étais idiote de gaspiller ma vie avec un p'tit raté et que je devrais m'envoyer un peu en l'air, avant qu'il soit trop tard...

Comme il ne trouvait apparemment rien à répondre et qu'il avait même l'air de chercher son souffle, elle ajouta après quelques secondes :

— Et... et pis elle a dit aussi que t'avais l'air d'un gars qui bande mou... qu'elle disait... D'un gars qui a les ghosses comme des raisins secs...

— Veux-tu que je te montre ? dit-il en s'approchant du lit et en l'agrippant rudement par un bras. Veux-tu que je te fasse voir ça, si je bande mou ? T'as pas toujours dit ça...

— Lâche-moi, tu me fais mal ! cria-t-elle en se dégageant. Tu peux bien faire le smatte. On sait bien, moi, je suis pas capable de me défendre !... Faut en profiter !... Ah oui ! le v'là, mon Superman, le super-mâle, le macho format géant, toute une gang de durs de durs en un seul homme !... Mais c'est rien qu'un p'tit chien jappeur, en fin de compte... un caniche plein de marde qui se prend pour Rin-tin-tin...

Et elle se mit à rire. Mais elle riait trop fort, ça ressemblait en réalité à des cris ou à des sanglots... Oh non, elle ne pleurait pas, elle riait à en perdre le souffle, s'étirant sur le lit et cambrant les reins... Il la voyait comme dans un brouillard, un affreux bourdonnement lui vrillait les oreilles. Il voulut se détourner pour prendre des vêtements secs dans la commode, enlever cette chemise humide et se changer... au plus coupant sortir de cette chambre où il se sentait devenir fou, fuir cela, cette scène dégradante, cette prise de becs où il se trouvait malgré tout entraîné, mini-drame pour mongoliens, pensait-il en serrant les dents, oh oui il avait besoin de fuir ce... cette chose — il ne savait même plus quel nom donner à ce qui se levait en lui et s'emparait de toutes ses facultés, à ce remous tout-puissant qui l'aspirait, à cette force brute qui se réveillait dans les ténèbres... Il voulait fuir cela, il avait peur... il pouvait sentir vibrer quelque chose de monstrueux, une menace presque palpable, une tension extrême : c'est-à-dire la rage épaisse, la violence concentrée qui flottait dans la pièce comme un gaz toxique (cela ne suintait-il pas sur les murs comme de l'humidité dans une cave ?)... et ça ressemblait même à une intuition tragique, une impression de fatalité, un ensemble de signes qui lui annonçait que ça allait craquer quelque part, infailliblement, parce qu'au fond il était beaucoup plus mal en point qu'il ne le croyait : plus précisément, il se sentait engagé dans un système de rouages infiniment compliqué, dans un jeu terrifiant de causes et d'effets dont rien ne saurait le faire sortir, d'où il ne pouvait d'aucune façon s'échapper, de sorte qu'il avait le sentiment de se trouver prisonnier au cœur d'une équation qui, par son existence même, par le seul fait de son déroulement, impliquait du même coup sa solution unique et inchangeable... Puis, il se rendit compte que pas un instant il ne s'était vraiment détourné d'elle, et qu'il ne l'avait pas quittée des yeux tandis qu'elle se tordait lascivement en lui montrant ses seins et son sexe grand ouvert — il regardait sans bien la voir cette chair blanche et rose offerte comme une offense intime, comme un défi dédaigneux, cette femme belle et jeune qui se contorsionnait en ricanant sur le lit défait et qui le narguait.

— Pis on voit ton poignard de scout qui dépasse de tes culottes, fit-elle aussi, à mi-chemin entre le fou rire et la crise de larmes. Te prends-tu pour Tarzan ? Ou Jack the Ripper ? Es-tu allé découper des femmes en morceaux dans les ruelles ? Ou couper la poche à des p'tits gars ? Hein, le toffe ?

Puis elle dit autre chose qu'il n'entendit pas — ou dont il ne parvint jamais, par la suite, à se souvenir. Car il s'était rassis sur le bord du lit et il serrait ses mains très fort l'une contre l'autre, et il serrait aussi ses mains entre ses genoux, comme s'il avait eu peur qu'elles ne lui échappent comme des bêtes malfaisantes et ne commettent à son insu quelque chose d'irréparable. Il entendait craquer ses jointures, tandis qu'elle lui tournait le dos et se recroquevillait sous les couvertures.

— De grâce, souffla-t-elle, de grâce, décampe et ferme la lumière. J'ai des cours demain.

Non, bien entendu, elle ne pouvait pas savoir, pensait-il à toute vitesse (avec la pénible impression que tous les circuits étaient emmêlés dans sa tête, où ça s'allumait et s'éteignait comme une lumière stroboscopique, ou comme les ampoules clignotantes à la devanture des cinémas et des bars), elle ne savait pas les chaleurs qui lui fourmillaient dans les doigts, les images qui éclataient en lui, les scènes horribles qui lui venaient — il se transformait comme loup-garou à la pleine lune en un primate aux ongles sanglants, un barbare aux mains griffues, brute aux épaules de bois franc, une sorte de valet de bourreau au front bas

dont les énormes mains poilues tordaient et broyaient
le cou fin et blanc de Liliane...

Et voilà que soudain il était debout dans la
chambre, ça s'était fait tout seul il ne savait pas trop
comment mais il marchait et il gesticulait et il disait
des choses — c'était affreux, il se rendait quand
même compte qu'il en perdait des bouts, que ça lui
venait par flashes comme si son cerveau avait eu des
ratés — , et à présent il se penchait sur elle et il la
tenait par les épaules... Il sentait couler dans ses bras
une force animale et démente, une puissance extravagante, et sans même s'en apercevoir il la redressa
rudement dans le lit... Oh non, il ne voulait pas faire
cela mais il n'y pouvait rien, c'était plus fort que lui,
ou plutôt comme si ce n'avait pas été réellement lui
qui serrait dans ses mains folles les épaules frêles de
Liliane, et il voyait sa bouche s'ouvrir et se refermer
comme pour parler, elle avait des larmes plein les
yeux — mais il ne pourrait jamais se rappeler exactement tout ce qui s'était passé durant ces quelques
minutes, ou ces quelques secondes, comment calculer
ça ? car ce jeu atroce ne lui resterait que sous la forme
de bribes, morceaux d'un puzzle incomplet, des bouts
de vieux film qui sautent et se brouillent ou défilent à
l'envers — , et il pouvait entendre ou voir ses dents
s'entrechoquer car il la brassait vraiment fort et elle
avait la tête qui branlait de tous les côtés, et en
faisant cela il criait, criait du fond du ventre ça sortait
de là comme un kiaï insensé, cri de mort et de
libération trop longtemps contenu... quelque chose
paniquait en lui, c'était parti à l'épouvante et il n'y
avait plus rien à faire pour arrêter cela — c'était

comme si un second Bernard avait été en train
d'observer le premier, exactement, comme s'il l'avait
regardé d'une certaine distance, du plafond de la
chambre par exemple, si bien qu'il ne se souvint plus
tard de cette scène qu'en se voyant pour ainsi dire de
dos, comme de l'extérieur de lui-même... Mais il put
tout de même se rappeler, se rappela qu'à un certain
moment elle était debout dans la chambre, elle avait
sa face toute crispée et grimaçante de rage, elle
hurlait et essayait de lui échapper, puis elle était là,
tout contre lui, comme s'ils avaient voulu danser ou
s'embrasser, et il la tenait solide, oh pas de danger
qu'elle s'arrache de cela, il allait lui faire voir, lui
fermer la gueule à cette serinette, elle n'oublierait pas
de sitôt que... et il put aussi se souvenir que ses doigts
se refermaient sur le cou la gorge de Liliane, et alors il
y eut en lui un immense apaisement, comme si un
seau d'eau glacée avait été jeté à l'intérieur de sa tête,
de sorte que tout en le faisant, tout en regardant agir
ses mains, il pouvait également la regarder dans sa
face et la voir au fond de ses yeux qui se fixaient sur
lui avec une expression de surprise, d'incrédulité
furieuse, et d'un seul coup, en une microseconde
foudroyante, il eut la certitude qu'il eût pu faire
n'importe quoi pour une femme capable de le regarder
avec de tels yeux, et instantanément il comprit et
tout s'illumina et il desserra son étreinte en pensant
comme un fou je t'aime je t'aime, mon Dieu que je
t'aime ! et il la regardait et cela montait sur ses lèvres
sèches et il balbutiait des sons qui devaient vouloir
être des mots d'amour, tandis qu'elle lui échappait et
coulait comme de l'eau le long de lui et s'affalait sur le
lit, bras écartes, regardant le plafond avec une fixité

redoutable, et alors il se pencha de nouveau vers elle et mit ses lèvres sur ses lèvres il l'embrassa voracement et il comprit qu'elle ne respirait plus et qu'elle était morte.

Il se redressa et, stupidement, il pensa je n'aurais jamais cru que c'était comme ça... C'est-à-dire que ça s'était fait tout seul. Facile ! Et il n'avait plus que cela dans la tête, c'était tout un choc ! la vie de Liliane lui était littéralement passée dans les mains, il lui semblait qu'il n'avait même pas eu l'intention de lui faire le moindre mal, non non, rien, pas voulu faire ça Liliane je le jure ! et il se tenait là, devant elle toute renversée sur le lit dévasté, ses lèvres bleuâtres encore entrouvertes comme pour chercher de l'air ou pour appeler ou, pensa-t-il avec un coup en plein cœur, pour lui dire je t'aime, immobile et cireuse déjà, son sang mauvissant derrière la peau de son visage, effrayante avec sa poitrine nue qui ne bougeait plus, il la regardait intensément, il était comme gelé raide, debout à côté du lit, il croyait que jamais il ne parviendrait à détacher son regard de la belle morte... Ça n'avait aucun sens, ça s'était passé sans qu'il y soit pour rien ! comment était-ce possible ?... il ne pouvait pas concevoir qu'il eût été si facile de tuer, ni que cela pût arriver de cette façon (quoi ! une femme n'est pas un moineau, tout de même, qu'on peut comme un fou furieux étrangler oui étrangler à mort rien qu'en lui serrant un peu le cou ! voyons ! c'était parfaitement grotesque !)... Mais, à mesure qu'il se ressaisissait, ou qu'il revenait à lui, disons, il sentait pendre hideusement ses mains au bout de ses bras, ses mains qui lui semblaient peser une tonne, ses mains de béton, ces morceaux d'os et de chair qu'il aurait voulu pouvoir amputer, sachant bien que désormais, quoi qu'il fasse et où qu'il fuie, elles ne cesseraient plus jamais d'être les mains qui avaient tué Liliane...

En réalité, toute cette séquence, et tout le reste (plus particulièrement à partir du moment où il se retrouva, boulevard Pie IX, devant la porte de Raoul Brisebois, à sonner et à cogner comme un perdu, sans pouvoir réprimer ou seulement atténuer le tremblement qui lui secouait le corps tout entier, ces frissons convulsifs, ces sanglots secs qui l'étranglaient), tout cela avait eu lieu en deçà ou au-delà de toute conscience, d'une certaine façon très loin de ses yeux et même de ses mains. Un peu comme une histoire atroce qu'un autre lui aurait racontée — mais en sachant que c'était lui, rien que lui abominablement lui!... Par la suite, il resta persuadé que tout s'était fait très vite. Emportant pour ainsi dire le cadavre au fond de ses yeux, sortant à reculons de la pièce où il croyait percevoir quelque chose de noir et d'affreusement ambigu qui errait, une présence terrible qui flottait là, presque tangible comme un parfum qui vous poigne à plein nez, sentant ses cheveux qui se dressaient sur sa nuque il s'était jeté dans le corridor et avait machinalement pris son coupe-vent imperméable dans le placard, puis il avait détalé avec une terreur monstrueuse qui le poussait dans le dos, se sentant comme le plongeur qui n'a plus assez d'air dans les poumons et qui remonte à grands coups de reins et de talons.

De toute façon, tout allait maintenant trop vite, il ne pouvait se raccrocher à rien, le temps passait en plein centre de lui comme une diarrhée, c'était un Niagara pourri à quoi rien ne pouvait résister — de sorte qu'ensuite, juste un peu après, il ne lui resta plus de ces instants qu'une impression confuse, un sentiment d'urgence, de quelque chose qui lui faisait mal et grossissait dans sa poitrine, quelque chose dont il avait bestialement besoin de se débarrasser, se secouant l'esprit et l'âme comme un chevreuil blessé qui voudrait arracher cette boule de plomb qui lui déchire tout le dedans : il ne lui resta guère plus que cela, le souvenir obscur d'avoir ouvert et refermé deux portes et de s'être retrouvé tout d'un coup sur le balcon, encore à moitié assommé, tout perdu, frissonnant dans la nuit foireuse, chétif et dérisoire dans l'éclairage lugubre des lampadaires de la rue Garnier, tandis que la pluie, c'est-à-dire une bruine, une impalpable poussière d'eau, tournait dans l'air comme un avant-goût de poudrerie, graffignant les halos de lumière sale et lui dégoulinant sur le front et dans les yeux...

Tout essoufflé, avec son cœur déréglé qui bondissait comme une grenouille dans sa poitrine, il descendit sur le trottoir. Il se sentait comme un chien enrhumé qui n'arrive plus à renifler ses propres traces pour rentrer chez lui... Mais il n'avait plus de chez-lui, cela faisait partie d'un passé révolu... Ils sauraient que c'était lui qui l'avait fait et ils le traqueraient impitoyablement . Cela allait de soi. Il n'y pouvait rien, il faudrait bien que ça arrive.... Mais pas maintenant, se disait-il en se mettant à marcher, pas tout de suite. Sans doute plus tard, demain ou après-demain, ou encore plus tard... ça n'avait absolument pas d'importance... De toute façon, il se constituerait sûrement prisonnier... quelle idée intolérable!.... Il ne voulait pas penser à cela pour le moment, il aurait voulu ne penser à rien, se vider entièrement disparaître dans l'égout... Et il marchait dans la pluie noire, poussé par un impérieux besoin de fuir, d'aller n'importe où, nulle part, droit devant lui, le plus loin possible de cette maison... C'était un instinct tout-puissant qui l'empoignait par les tripes, il n'y avait pas moyen de résister à ça : le réflexe de se cacher, de s'enterrer quelque part dans un trou, comme un mort, loin du soleil et des regards et de tout ce qui pouvait encore s'appeler la vie et l'espoir... s'en aller en emportant en lui le beau cadavre de Liliane... Ah l'impossible chose ! ah l'impensable geste ! il se disait cela aussi en levant le visage dans la pluie qui ruisselait de tous côtés, comme tout cela était incompréhensible ! Sans doute un cauchemar dont il ne tarderait pas à se réveiller, car de telles horreurs n'arrivent pas dans la vraie vie de tous les jours...

Et voilà qu'il se sentait, sans même y penser directement, prisonnier à perpétuité de sa morte — un peu comme cet assassin, dans la bande dessinée Dick Tracy qu'il avait lue autrefois dans *le Petit Journal*, qui traînait pendu à son cou le spectre diaphane de la jeune femme qu'il avait tuée, oui c'était cela qui lui arrivait, il ne pouvait s'empêcher d'imaginer Liliane qui lui entourait le cou de ses bras blancs et qui se laissait traîner dans son dos, oh ça finirait sûrement par le rendre fou ! Il fallait absolument qu'il fasse quelque chose, qu'il trouve une solution même temporaire, même désespérée, même puérile, pour se tirer de ce rêve poisseux, bien qu'il eût la certitude absolue qu'il n'en sortirait jamais et que plus rien ne saurait le réveiller...

Malgré lui, il haussa les épaules, comme si son corps avait voulu rassurer son âme. Le poignard était toujours à sa ceinture, il le sentait qui lui pesait sur le ventre. Un moment, il eut envie de le lancer dans la rue ou dans un parterre — et il lui semblait que cette idée lui était déjà venue pendant qu'il s'en allait tuer Marcel Guilbert un peu plus tôt au cours de cette soirée, c'est-à-dire quelques siècles, des millénaires plus tôt, dans une autre vie, aux confins d'un rêve hallucinant qui n'allait plus finir — , puis, presque en même temps, il n'y pensait plus, il savait seulement qu'il était en train de marcher vers la rue Mont-Royal, mains dans les poches de son jeans que la pluie lui collait sur les genoux, tête baissée dans ce crachin sournois qui semblait monter du trottoir, fonçant dans la nuit avec l'absurde détermination de quelqu'un qui ignore où il va mais qui ne peut s'empêcher de se précipiter aveuglément n'importe où, fébrile, avec des bouts, des filaments de pensées qui papillotaient dans sa tête comme des flammes de bougies dans un courant d'air, incapable de se ressaisir et de rassembler ses idées, mais conscient tout de même — bien que ce fût confusément, à peu près au niveau des instincts élémentaires — que quelque chose d'immense était mort en même temps que Liliane... il ne savait pas trop, ça ressemblait à une impression de désastre, à cette atmosphère assez particulière qui doit régner sur les villes détruites ou sur les charniers, il sentait qu'une ère venait de se terminer, une partie de son temps, de sa vie était irrémédiablement révolue ; au fond, c'était cela qu'il savait, c'était même la seule chose qu'il savait, et il comprenait aussi que jamais plus il ne pourrait marcher dans ses propres traces, et il entrevoyait par éclairs ce que sa vie allait être désormais, la traversée du désert qui s'étendait devant lui et qui ne prendrait fin qu'à sa mort, et encore...

Voilà qu'il n'avait plus d'histoire, ni passé ni présent, encore moins un avenir. Par quelles invraisemblables séquences de causes et d'effets, d'actes avortés, d'impulsions déchaînées, avait-il pu aboutir à cela, à cette impasse où tout s'anéantissait autour de lui et au fond de lui comme en quelque monstrueux simulacre de fin du monde ? Tout allait finir, il pouvait sentir cela. C'était la fin de quelque chose, il ne savait pas de quoi, mais la fin. Le vide, la nausée suprême, il était poigné dans ça aussi, dans cette sourde et accablante certitude que son destin — puisqu'il fallait bien appeler cela d'une façon ou d'une autre et qu'il n'existait pas de mot connu pour exprimer le désarroi où il était plongé — , ou, mettons, la continuité plus ou moins accomplie ou mouvante qui en tenait lieu, se refermait sur soi-même et se recroquevillait laidement comme une araignée empoisonnée, bouclant pour ainsi dire la boucle sans que rien fût parvenu effectivement à son terme, ne se mordant certes pas la queue comme l'Ouroboros des infinis recommencements, mais se happant quelque part en son centre, comme une hyène qui se dévore en ricanant les intestins dans la nuit. Il ne gardait en fin de course que cette impression

tenace et horripilante que sa vie, brusquement, s'était
coupée en deux, ou plutôt qu'elle s'était, sans qu'il pût
saisir toute la complexité de l'opération, équatorisée,
puis divisée d'elle-même, par quelque incompréhensible phénomène de mitose, en deux nouvelles cellules
apparemment indépendantes, à la fois identiques et
étrangères, à tel point qu'à présent il pouvait se sentir
entièrement rejeté de son passé, vomi de son propre
vécu qui lui pendait pourtant dans le dos, arraché de
cela et jeté tout vif et tout nu dans un nouveau
monde où rien ne lui était familier, où toute sa vie
avait bien l'air de vouloir s'orienter sur de nouvelles
bases, obéissant à un mouvement implacable qui
n'avait rien à voir avec sa volonté et sa liberté, se
pliant à quelque obscure loi naturelle, à quelque
chose sur quoi il n'avait aucun contrôle et qui le
balayait invinciblement.

Dans l'enténèbrement et l'affolement de son esprit,
il avait tout de même conscience de cela. C'était
encore flou mais il savait que c'était là. Il faudrait
bien, pourtant, que tôt ou tard il aille au fond de cette
nouvelle douleur qu'il n'aurait sans doute pas assez
de toute sa vie pour assimiler, il faudrait qu'il débride
lui-même sa plaie et qu'il gratte jusqu'à l'os, pour
savoir, pour ne plus subir la torture de l'incertitude...
C'était la même chose, en fait, que lorsqu'il entrevoyait, de son lit d'enfant, des ombres formidables
qui l'épiaient sournoises au fond du placard ouvert,
ou ce visage blême à bouche noire qui grimaçait
funèbre dans ce recoin de ténèbres entre la commode
et le mur, près de la cage du canari... et alors il savait
qu'il faudrait de toute façon qu'il finisse par rassembler

assez de courage pour se lever et aller voir... la peur
plaquée comme une main froide entre les omoplates,
il remontait sa couverture sous son menton et fermait
les yeux si fort qu'il voyait des marbrures bleues et
rouges derrière ses paupières, mais il continuait de
savoir qu'Ils étaient toujours là, que quelque chose
d'immonde et de plus noir que la nuit et de plus
hideux que tous ses cauchemars était debout quelque
part dans la chambre et que dans un grand silence de
glace cela le regardait avec des prunelles d'enfer, puis
il ouvrait les yeux et il y avait comme des pastilles
rouges qui voltigeaient entre sa face et le noir de la
nuit, le noir brunâtre de cette chambre où le placard
ouvrait toujours cette gueule menaçante, où le recoin
derrière la commode recelait encore un être innommable, tragique et spongieux, et cela durait jusqu'à ce
qu'il trouve la force de se lever, de s'arracher de la
protection illusoire de son lit pour marcher sur le
plancher froid et, avec des frissons sous les bras et
dans la nuque, s'approcher du placard et fermer la
porte, puis marcher vers ce coin où une Présence
devait se tapir avec des dents d'acier galvanisé, plonger
son regard au fond de ce trou de ténèbres tandis qu'il
pouvait entendre ses propres dents grincer dans sa
bouche, les nerfs tendus, sentant monter en lui une
terrible envie de hurler — mais non, il ne hurlerait
pas, il se contrôlerait, à sept ans on est déjà un
homme, non non il ne hurlerait pas — , alors il
s'assurait qu'il n'y avait rien, vraiment rien, absolument rien, et même lorsqu'il savait cela, comme il
regagnait son lit à toute vitesse en se disant qu'il était
bien seul dans sa chambre, il pouvait encore deviner
d'autres présences insoutenables, des êtres nocturnes

qui se confondaient avec le rectangle noir de la porte
de la chambre et qui... puis il était dans son lit et il sut
que cela allait venir sur lui et le mordre dans le dos, il
ne voulait pas crier car il savait que sa mère et son
père dormaient à côté et qu'il viendrait, ou que ce
serait elle qui apparaîtrait soudain avec ses yeux
fatigués et qu'elle dirait *tais-toi mais tais-toi donc p'tit fou !*
non non y a rien icitte non j'allumerai pas la lumière t'es un
grand garçon c'est rien que ton imagination ça se passe tout dans
ta tête tourne-toi de bord pis rendors-toi attends pas que ton père
se réveille pis qu'il se lève tu sais ce qui t'est arrivé l'autre fois, et
c'est pourquoi il ne pleurait pas, ou du moins qu'il le
faisait aussi silencieusement que possible, à moitié
fou de terreur mais entendant aussi à travers le mur
les ronflements de son père qui toute la soirée avait
bu de la bière dans le salon pénombreux, dans cette
obscurité molle et comme détrempée par les lumières
de la rue qui entraient par la fenêtre sans rideaux,
dans cette étrange noirceur du salon il avait bu et bu
jusqu'à ce qu'il tombe quasiment évanoui d'ivresse,
pas vraiment endormi, non, ni tout à fait assommé
par tout cet alcool qui lui fermentait dans le corps,
mais plus précisément comateux, saisi et pétrifié par
une sorte de gel intérieur, respirant avec son affreux
souffle qui puait (*aide-moi*, dit moman, *on va le porter sur*
le lit ah mon Dieu comme il est pesant — il échappe de
partout comme une grosse guenille dégoûtante —*mon*
Dieu mon Dieu il a vomi sur ses pantalons), et alors ils le
transportaient sur le lit double de la chambre des
parents, elle, sa mère avec ses bras nerveux tout
pleins de veines vertes et de tendons qui vibraient
comme des haubans, et lui, l'enfant chétif qu'on avait
réveillé au beau milieu de son sommeil ou qu'on avait

tiré de ses insomnies moites et qu'on avait provisoirement délivré de ses monstres dont il se voyait
condamné à ne plus jamais parler, à les enfouir en lui
pour toute sa vie, sous peine que son père les mains
dures de son père... son visage ravagé d'homme soûl à
mort se penchait sur lui, d'un geste brutal il lui avait
arraché ses couvertures, et il lui criait à pleins
poumons *menteur mais t'as pas fini d'inventer tes crisses de
menteries mais vas-tu finir par faire comme du monde p'tit
maudit écœurant de chien sale j'vas t'en faire des monstres moi
j'vas t'apprendre à laisser dormir ta mère,* et quand ce fut
fini, quand il osa rouvrir les yeux parce que les mains
folles de son père ne lui faisaient plus mal et qu'il
avait entendu la porte de sa chambre se refermer, il
resta là sur son lit, exactement comme le petit homme
l'avait laissé, comme une épave éventrée parmi ses
couvertures dévastées, à moitié nu, grelottant de
désespoir et d'impuissance, car il s'agissait d'autre
chose que du chagrin, c'était beaucoup plus fort et
beaucoup plus sombre, il était véritablement brisé
irréparable, il pouvait déjà sentir cela dans lui, dans sa
tête où ça brassait tout lousse comme dans un vieux
jouet mécanique dont les ressorts ont pété, oui c'était
comme ça qu'il se sentait, humilié, vaincu jusque dans
le plus profond de son cœur, portant déjà dans sa
mémoire de quoi mijoter de ténébreux bouillons... et
il ne bougeait plus, il attendait que les ronflements
graillonneux eussent repris de l'autre côté de la
cloison, puis il se fourra sous les couvertures, les
fesses et les reins lui chauffant comme mille enfers,
se roulant en rond de chien avec de la bave sur les
lèvres, avec une sorte de prodigieux hoquet intérieur
qui lui faisait mal, n'arrivant même pas à pleurer et

encore moins à dormir, sentant chaque seconde de
cette nuit maudite passer sur lui comme une lime,
convaincu qu'au petit matin il ne resterait plus de lui
qu'un ridicule petit tas de poussière d'os qu'ils
essaieraient peut-être de faire manger au canari, mais
il restait couché comme il était, n'osant même pas
changer de position, entendant de temps en temps les
autos qui passaient dans la rue, puis il y eut un
premier bruit lointain d'autobus et alors il sut qu'il
était sauvé et qu'en ouvrant les yeux il pourrait voir
sous son store un peu de gris qui annoncerait l'aurore
— et c'est à ce moment qu'il se laissait aller, tout
entier détendu sur le dos dans ce lit froid et dur, et
qu'il s'endormait subitement, un peu comme une
roche qui tombe dans un puits, de sorte qu'il lui
semblait qu'il n'avait même pas dormi une seule
seconde quand sa mère se penchait sur lui pour le
réveiller en soupirant (avait-elle hâte que lui aussi
soit assez vieux pour ramasser violemment toutes ses
affaires dans ses tiroirs comme l'avaient fait l'un
après l'autre Jean-Paul, Julien et Gilberte, puis qu'il
marche lui aussi dans le corridor et referme de toutes
ses forces la porte d'en avant et s'en aille sur le
trottoir sans se retourner? et il partirait pour
toujours, allant vivre ou mourir loin d'eux, les maudissant et les vomissant et tentant même de les
refouler hors de sa mémoire comme si son passé en
eût été exempt, comme s'il fût apparu dans cette vie
par l'effet d'une sorte de génération spontanée, uni-
cellulaire ne devant rien à personne — partant avec la
rage au ventre, les laissant seuls tous les deux dans la
poussière, dans la broue de bière, la médiocrité et le
désespoir inexpiable de leurs cœurs vides)...

Il regarda brièvement sa montre et il se dit un taxi, il va falloir que je prenne encore un taxi. À présent, il savait quoi faire ; ça lui donnait l'illusion d'avoir en main le contrôle des événements. Ce n'était qu'une illusion, il le savait, mais il s'y accrochait farouche. Aller chez Raoul, eh oui ! aller chez Raoul : il aurait dû y penser avant. Il tenait, croyait-il, une solution provisoire. Au moins pour cette nuit-là, la chaleur d'un ami... ne plus errer seul dans les ténèbres !... Comme si cela allait pouvoir régler quoi que ce soit... Mais il s'en foutait, il murmurait des choses du bout des lèvres en marchant dans la nuit pisseuse, relativement soulagé, comme quelqu'un qui vient de faire reculer une échéance redoutable, arrivant à ne presque plus penser, faisant comme si Liliane était, pour le moment, sortie de lui...

Puis toutes les lumières multicolores de la rue Mont-Royal ruisselèrent sur lui avec la pluie. Il leva la main et la voiture vint se ranger le long du trottoir. C'est le voyage sans retour, pensa-t-il sans savoir pourquoi, en se laissant choir sur la banquette.

V

La nuit, le temps, la mémoire, la douleur (ou la détresse, ou ce qui subsistait encore de sa vie), tout se confondait à présent, filait à toute vitesse, se télescopait en une sorte de magma informe — il ne lui en resta qu'une trace confuse, un écheveau inextricable d'événements qui semblaient se superposer et s'entrelacer. Plus tard, c'est-à-dire le lendemain — avant que tout ne s'arrête pour de bon — , il put quand même se souvenir de certaines choses, qui lui revinrent alors dans l'ordre capricieux que l'analogie, ou l'anarchie même de son esprit, leur imposaient. C'est-à-dire qu'il se revoyait sur un palier, dans l'éclairage sordide de la cage d'escalier où tremblotait bourdonnait un néon crasseux, debout devant une porte, attendant il ne savait plus trop quoi, vaguement conscient d'avoir sonné avant de monter, en bas dans le vestibule... Il pouvait entendre à travers la porte la musique qui faisait là-dedans un vacarme à foutre l'immeuble par terre et il se disait avec soulagement, avec une satisfaction geignarde et puérile : il est là et de plus il n'est pas encore couché et je jurerais même qu'il n'est pas seul. Et il tremblait comme s'il avait eu la fièvre et il lui fallait faire un effort considérable pour empêcher ses dents de claquer, il les serrait avec tant de violence qu'il avait l'impression qu'elles allaient lui casser dans la bouche, et son cœur lui martelait toujours le dedans du corps... *Sacrament ! mais qu'est-ce qu'il fait ! qu'est-ce qu'il attend !* souffla-t-il entre ses dents, et il cogna dans la porte avec ses deux poings. Il ne voulait pas pleurer mais il se sentait soudain si faible que cela lui remontait dans les yeux comme de la bile, et il cognait et il sentait que jamais il n'arriverait à se faire entendre à travers cette muraille de musique. Puis la porte s'ouvrit, Raoul Brisebois était là, chancelant, sur le seuil, ses yeux ivres n'arrivant pas à se fixer sur lui et flottant dans ses orbites comme des balles de ping-pong... Et alors sans penser et sans même savoir qu'il le faisait il entra, sans le saluer et sans le regarder, sans reprendre son souffle, comme quelqu'un qui aurait soudain désappris à respirer, fonçant comme un taureau fou dans l'appartement enfumé et s'arrêtant presque aussitôt dans les demi-ténèbres du salon double où il pouvait plus ou moins discerner des visages, des mains et des jambes — cela faisait des taches pâles dans cette pénombre épaisse, et il crut d'abord que la pièce était remplie de monde — , il y avait aussi des points rouges de cigarettes, tout cela comme cimenté par la musique rock que crachait férocement une petite chaîne stéréo poussive, avec un taux de distorsion parfaitement incroyable, avec violence et profusion comme de l'eau jaillissant d'une borne-fontaine, tout cela dans cette fumée âcre qui mettait des halos autour des lampes déjà très tamisées et qui vous poignait à la gorge.

— Tu pouvais pas mieux tomber, cria Raoul en essayant de dominer la musique (disant cela tout naturellement, comme s'ils s'étaient quittés la veille — alors qu'ils s'étaient perdus de vue depuis près d'un an), t'arrives juste au bon moment, parce qu'on est partis pour passer la nuit debout.

Mais en fait il n'écoutait pas, et la voix de Raoul n'était qu'un bruit parmi les autres bruits. À présent, dans l'espèce d'hébétude où il avait sombré, dans l'évanouissement de toutes ses facultés, dans la déroute totale de son esprit — tandis que derrière ses yeux, au fond de sa tête, filaient des météorites aveuglants et qu'au dehors tout déboulait dans un cataclysme de folie et se muait en un monceau de signes indéchiffrables — , même à ce moment il pouvait distinguer dans la pénombre une fille blondasse et deux types vautrés sur un canapé, qui le regardaient avec indifférence tandis que Raoul, vacillant et balbutiant, avec des gestes et une voix d'ivrogne, grenouillesque avec ses énormes lunettes à tour de plastique brun et sa large gueule où reluisaient impeccablement les imposants dentiers qui y officiaient depuis la fin de son adolescence, Raoul, bas sur pattes et hilare, faisait les présentations... Il répondit quelque chose, n'importe quoi — de toute façon, cela avait lieu au-delà de sa conscience, pendant qu'il avait tout juste le sentiment diffus de n'être pas

mort, de durer, de flotter dans une bulle incommensurable où le temps était prisonnier : d'ailleurs, il ne
put jamais replacer en ordre les minutes ou les heures
qui suivirent, cela tournoyait comme un carrousel de
la démence, un moment il était dans la cuisine inondée
de lumière jaunâtre, en face de Raoul qui l'écoutait en
branlant la tête, puis (ou était-ce en même temps ?) il
était assis dans ce salon pénombreux, oppressé par
tout le brun de l'air, un verre de bière à la main,
buvant sans soif ce breuvage glacé et dur qui le
poignardait dans le ventre et lui faisait quasiment
lever le cœur (oui il pouvait se souvenir de la cuite de
la veille, oui il savait bien qu'un rien suffirait à le
rendre encore malade, mais il but le verre, presque
d'un seul trait), puis Raoul était assis sur l'accoudoir
du fauteuil et il lui donnait en riant des claques dans
le dos, et le monde entier s'enflait dans sa tête où
battait on aurait dit un moteur de paquebot, il entendait cela en dedans, il n'avait même pas besoin
d'écouter, il entendait avec ses oreilles intérieures le
grand fracas qui retentissait très loin au fond de lui,
des voix qui lugubrement semblaient monter des
profondeurs, abîmes ! ce vide, ce trou noir où il avait
l'impression d'imploser dans une gigantesque huée,
et il buvait le verre de bière, ou en était-ce un autre ?
aucune importance, car au même moment il marchait
avec Raoul Brisebois dans le corridor sombre et il lui
disait qu'il avait des problèmes et qu'il lui faudrait
aller s'enterrer dans un coin tranquille pour voir
venir, non il ne voulait pas lui dire quoi mais il
s'agissait de problèmes sérieux, il fallait qu'il dis-
paraisse...

— Mais où ?... Où c'est que tu veux aller, bonhomme ?...

Dans sa folie, dans la détresse qui lui pressurait le
cœur, il n'arrivait à voir que la maison de l'oncle
Émilien, il se disait personne ne viendra jamais me
chercher là, ah oui, elle était bien dans sa tête, la
maison de pierres brunes avec son toit de tôle tout de
travers et son perron délabré, elle était ainsi lorsqu'il
était enfant et elle n'avait toujours pas changé quand
il était retourné la voir l'été dernier, avec Liliane,
circulant sur la montagne à bord de la Renault 5
trépidante — qui allait rendre l'âme un peu plus tard,
le même été, à l'issue de ce voyage insensé qui les
avait conduits jusque dans le New Jersey — , dans le
véhicule ferraillant et rugissant qui crachait derrière
lui une épaisse fumée grise, et à force de rouler dans
les routes du mont Saint-Hilaire il avait fini par
retrouver la maison, c'est-à-dire que la maison du
grand-oncle s'était pour ainsi dire jetée devant eux, à
un tournant de la route, massive et tranquille avec
ses persiennes fermées comme si elle avait été inha-
bitée, il avait revu la vigne vierge qui envahissait une
partie de la façade et tout un côté, et cela leur
apparaissait en plein soleil, dans tout le doré de cette
fin d'après-midi de juin, dans la touffeur des champs
chauffés de soleil, dans l'odeur des feuilles neuves, la
maison comme surgie directement du fond d'un vieux
rêve, une matérialisation de la pensée, ni plus ni
moins qu'un souvenir qui brrrang! sort subitement
de terre sous vos yeux incrédules, au beau milieu de
la vie de tous les jours, un souvenir à présent aussi
réel que vous pouvez l'être vous-même, pas décevant

comme l'est ordinairement la confrontation d'un
souvenir avec la réalité qu'il est censé représenter,
non, car la maison de l'oncle Émilien était bien telle
que Bernard se l'était toujours rappelée, telle qu'elle
lui était restée dans la tête depuis son enfance, un peu
moins grosse seulement, comme si le passage du
temps l'avait usée et tassée sur elle-même à la façon
de certains vieillards, et au moment où la voiture
allait dépasser la maison il demanda à Liliane de
ralentir, puis elle fit marche arrière sur la route
déserte, jusqu'au croisement du chemin des Moulins,
et ils recommencèrent, faisant surgir de nouveau la
maison devant eux, tandis qu'il se demandait si le vieil
Émilien n'était pas mort, tout simplement, comme
cela aurait été naturel puisqu'il ne s'en souvenait que
sous les traits d'un vieillard, d'un homme déjà très
âgé lorsque lui-même n'était encore qu'un enfant de
sept ou huit ans, et c'est juste à cet instant qu'il
l'aperçut, comme ils allaient pour la deuxième fois
dépasser la maison, il vit le grand vieillard qui marchait
là-bas, dans le potager, derrière une talle de framboisiers, il marchait voûté mais pas tellement, courbé
— pensa-t-il plus tard — moins par l'âge qui avait fini
par devenir quelque chose d'abstrait et d'inopérant,
moins par l'infirmité de son corps qui bien sûr allait
se dégradant, moins par la consomption de ses dernières forces, que par l'effet d'une loi implacable
voulant que personne ne soit éternel... et le vieux
acheva de traverser le potager, une gerbe de rhubarbe
dans les bras, marchant doucement, sans trop branler,
sans chanceler comme il aurait dû, progressant plutôt
avec une sorte de ténacité profonde vers sa maison,
ses cheveux très blancs, encore abondants, voletant

autour de sa tête tandis que d'un pas égal il sortait de la zone éclairée par le soleil et qu'il entrait dans l'ombre mauve projetée par la maison, derrière laquelle il disparut...

Alors il avait sans doute dit un peu de cela à Raoul Brisebois, ou du moins il avait évoqué la maison d'Émilien, disant :

— C'est pour ça que je voudrais t'emprunter un vingt... Il me faut un peu d'argent... tu comprends ça ?... Demain matin, je saute dans l'autobus pis je fous le camp à Saint-Hilaire... Je te remets ça la semaine prochaine, Raoul... Garanti... C'est fou, hein ?... je suis parti tellement vite... même pas pensé à me prendre de l'argent... Il me reste quasiment rien dans mes poches...

Et il était passé à deux doigts de tout lui raconter, pour Liliane, tout lui déballer subito, cracher tout ça pour se soulager, lui dire le cou de Liliane dans ses mains, son visage de cire, sa poitrine immobile, oh lui dire cette chose abominable, se décharger le cœur, et peut-être se débarrasser de ce spectre qu'il traînait... Mais il n'avait rien dit. Ça ne sortait pas. Rien. Il avait seulement demandé à Raoul de lui faire confiance, même s'il ne pouvait rien lui dire pour le moment.

— Ben sûr, mon vieux, disait Raoul en hochant sa grosse tête ivre, ben sûr, j'ai pas de question à te poser, tu sais ce que tu fais, dis-moi rien... C'est mieux comme ça, tais-toi, tu fais bien...

Il allait pouvoir se souvenir, aussi, que Raoul lui tenait le bras et que sa main était chaude à travers l'étoffe de sa chemise, il lui disait :

— J'suis ton ami, bonyieu, j'suis ton ami même si on se voit rien qu'une fois par année, fais-toi pas de bile, j'vas t'arranger ça, tu vas voir, pas de problème...

Et ils étaient de nouveau dans le salon, dans la musique violente et agressive du rock, tonitruante à faire capoter tous les sismographes du continent, et il se retrouvait avec un autre verre de bière à la main (ou était-ce le même ? le seul et unique qu'il avait peut-être bu au cours de cette nuit et qui pourtant l'avait gonflé et knock-outé quasiment autant que tout ce qu'il avait ingurgité au cocktail de la veille, mais qui ne le rendrait pas malade, cela, il le sentait), assis de nouveau dans ce fauteuil, en face des deux types qui se paquetaient morosement la gueule et de Gigi — il savait à présent qu'elle s'appelait Gigi, car Raoul lui avait crié d'un bord à l'autre de la pièce, profitant d'une brève accalmie de la musique :

— Hey, Gigi, tu veux pas nous faire une p'tite danse, ma belle pitoune ?

— Va chier, firent les lèvres rouges de la grande fille blonde, sans faire entendre le moindre son dans le martèlement sauvage qui ébranlait de plus belle l'appartement tout entier.

— C'est une danseuse topless, fit Raoul à l'oreille de Bernard, quelque chose de pas mal pantoute, faudrait que tu voies ça...

Mais cette séquence s'était passée bien avant... Il ne savait plus... Car il lui semblait que Raoul s'était tenu perché sur l'accoudoir de son fauteuil pendant des heures, puis qu'ils avaient parlé dans la cuisine durant des heures encore, puis qu'en même temps et avant et après, tout cela ensemble, ils étaient dans le salon et qu'ils buvaient de la bière et qu'un des gars qui encadraient Gigi était malade et que Raoul riait, disant :

— Y porte pas ça, la bière, pis faut qu'y boive pareil, y va encore finir avec la tête dans le bol de toilette...

Mais quand tout cela fut passé, quand ils furent assis dans cette auto folle qui fonçait dans la nuit et qu'il regarda sa montre, il vit que tout avait tenu en moins d'une heure... Tout un pan d'éternité dans une cinquantaine de minutes... Il n'arrivait plus à rien démêler dans sa tête, le temps était noué inextricable, rien n'avait plus de sens ni de direction, sauf, peut-être, cette voiture où ils étaient maintenant tous entassés, la grosse Trans-Am rouge que pilotait comme un dément celui des deux types qui n'avait pas encore vomi, celui avec des favoris sur les joues et une coiffure graisseuse à la Elvis Presley, si bien imitée et portée avec tant de naturel qu'il y avait quasiment de quoi se croire revenu quelque part dans les années cinquante... Ils étaient tous dans cette voiture, Raoul installé à côté du conducteur, et sur la banquette arrière Gigi coincée entre son petit copain qui, la tête penchée, paraissait sur le point de tourner de l'œil, et Bernard plaqué dans le coin droit et ne comprenant pas encore très bien ce qui était en train de lui arriver, assommé par cette succession ininter-rompue et foudroyante d'événements qui se préci-pitaient sans même lui laisser le temps de réfléchir, ça allait trop vite, une fois de plus, il se sentait emporté,

agi de l'extérieur sans qu'il y puisse rien, sans qu'il
arrive à s'agripper et à se retenir, se sentant odieusement perdre pied, découvrant d'un seul coup que
tout était à repenser, y compris lui-même, qu'il était
en quelque sorte dépossédé de son propre destin et
que désormais les choix lui seraient mesurés avec
parcimonie... Il lui semblait qu'il était en train de
s'éveiller au beau milieu d'un cauchemar pour découvrir qu'il ne pouvait que retomber dans un cauchemar pire encore, il ne comprenait plus rien, il ne
savait plus qu'une chose avec certitude : ils roulaient
à quatre-vingt-cinq milles à l'heure sur la route 116,
dans la pluie qui hachait la nuit et dans laquelle la
puissante voiture fonçait en chuintant et en grondant,
tandis que dans les ténèbres, de l'autre côté de la
vitre, il pouvait voir les lumières qui zébraient le noir,
et il estimait qu'ils approchaient de Saint-Bruno, et il
se rappelait très bien, aussi, comment Raoul avait
entraîné tout ce beau monde pour faire cette balade
absurde sur la 116, *un p'tit tour à Saint-Hilaire*, avait-il
dit en les levant de force, les arrachant de ce canapé où
ils avaient l'air de vouloir somnoler jusqu'à la fin des
temps, les empoignant, les tirant par les bras malgré
leurs protestations, d'abord Gigi, puis le type soûl
mort qui hoquetait et chavirait guenillesque, puis
l'Elvis, le propriétaire de la Trans-Am, et quand tous
ces pochards furent debout, chancelant et maugréant
dans la lumière incertaine du salon, il alla éteindre la
chaîne stéréophonique, et tout à coup ce fut le
silence, pas n'importe quel silence mais, par suite de
cette transition brutale, un genre de dalle de granit
qui leur tombait sur la tête... puis, poussés et tirés par
un Raoul souriant et fébrile, ils descendirent dans

l'escalier, trébuchant et sacrant, poignant la rampe à
deux mains pour ne pas perdre pied et aller se péter le
crâne en bas sur le terrazzo, et c'est ainsi qu'ils
sortirent dans la nuit qui allait se liquéfiant, un
instant ils restèrent sur le petit perron de ciment de la
maison de rapport, à l'abri de la marquise de fibre de
verre, tandis que la pluie fouettait le boulevard Pie
IX, ils se tenaient là, entassés, immobiles, comme si
tous avaient oublié pourquoi ils étaient sortis, et
surtout peu désireux de se lancer sous la pluie froide
et d'aller s'asseoir dans la grosse Trans-Am rouge
stationnée rutilante devant la maison, et personne ne
bougea tant que Raoul n'eut pas dit *allez, les gars,
on y va, on va faire un p'tit tour à Saint-Hilaire pour reconduire
mon chum*, et que, fidèle à sa technique, il ne les eut pas
extraits de sous la marquise puis poussés vers la
voiture, où Bernard les suivit mécaniquement, tout
engourdi, marchant sur des œufs, décidément incapable de se réveiller pour de bon de ce cauchemar qui
semblait vouloir s'éterniser, regardant sans bien le
voir le ciel par-dessus les immeubles d'en face, cette
lividité grise qui s'épanouissait doucement dans le ciel
bouché, et il comprit que le jour n'allait plus tarder à
se lever, c'étaient bien les premières lueurs, celles qui
autrefois en passant sous son store lui accordaient
implicitement la permission de s'endormir, chassant
les monstres et toutes les présences inquiétantes de
la chambre de l'enfant Bernard...

Et dans cette voiture trépidante, dans la Trans-Am
frénétique et sifflant comme un obus dans la nuit
d'eau, il cherchait désespérément à comprendre, à
mesure qu'une sorte d'étrange lucidité lui était

rendue il essayait de voir comment il avait bien pu
aboutir là, sur cette banquette, emporté dans cette
course échevelée, inconcevable, avec ces soulauds
dont la cervelle marinait dans la bière : mais qu'est-ce
qu'ils allaient pouvoir faire pour lui, en somme,
excepté le transporter dans la nuit à toute vitesse
pour qu'il puisse au plus sacrant se cacher à Saint-
Hilaire ? Quelle insignifiance ! Et se cacher de qui ? de
quoi ? comme s'il avait pu, par la seule vertu de
l'éloignement, et peut-être même de la vitesse et de
leurs soûleries à eux réunies, par l'effet de quelque
sortilège, ou de quelque amputation intérieure, faire
que ce ne fût pas lui, cet homme en train de fuir, faire
que cela ne fût pas arrivé, que Liliane fût encore
vivante — il pourrait la tenir dans ses bras, frémis-
sante et chaude, comme si cette horreur était effacée,
recommencer à zéro et l'aimer comme il aurait dû, oh
oui lui dire je t'aime et l'aimer pour vrai jusqu'au fond
de son cœur, jusqu'à vouloir mourir pour elle : il
comprenait à présent qu'il n'avait pas réellement fini
de l'aimer et qu'en fait il n'aurait sans doute pas eu
assez de toute une vie pour épuiser ce qu'il persistait
encore à appeler son amour d'elle — il savait que cet
amour durerait jusqu'à sa mort, mais qu'il aurait
désormais et pour toujours le visage du chagrin, du
désespoir et de l'irréparable... Voilà, il pensait exactement cela, il se disait et se répétait le mot *irréparable*,
cela était sur le bord de ses lèvres, cela l'habitait tout
entier et le blessait en plein cœur : l'irréversibilité de
son acte, cette souillure indélébile... mais il y avait
autre chose aussi, il ne comprenait pas quoi au juste,
peut-être le fait qu'il sentait sa propre vie, son propre
destin lui échapper, ce sentiment d'être à peu près

étranger à l'intérieur de soi-même, et indésirable, condamné à nager dans l'absurde, dans cette vie devenue tout à fait bizarre, où alternaient sans cesse la lumière et les ténèbres, où il avait l'impression de sauter des étapes, d'en dormir des bouts, comme s'il s'était tenu dans une pièce où quelqu'un se serait amusé à allumer et éteindre la lumière, cela était absolument insupportable, ce climat d'irréalité, il ne voulait plus se sentir traverser le temps, la durée, la substance même de sa vie en bolide aveugle, un peu à la manière de cette Trans-Am rugissante et hystérique qui se précipitait dans l'eau et les ténèbres comme la matérialisation même de la violence et de la bêtise...

— McMasterville, fit Raoul en se tournant à demi, puis donnant des claques sur l'épaule du conducteur pour l'empêcher de s'endormir. C'est d'valeur que ta radio soit pétée, on aurait pu se faire un peu de fun ici dedans...

Les deux autres, Gigi et son ivrogne malade de boisson, n'en menaient manifestement pas large. La tête leur dodelinait selon les cahots de la route, ça dormait dur, la fille à présent appuyée sur l'épaule de Bernard qui n'osait pas la repousser, de peur de la réveiller peut-être, et le gars soûl ronflaillant gras du fond de la gorge, hoquetant et rotant dans son sommeil épais, comme s'il allait d'une seconde à l'autre se vomir sur les genoux.

C'est alors qu'il y eut un grand bruit mou sous la voiture et que tout se mit subitement à vibrer très fort. D'un seul coup, tout le monde était réveillé, et le suppôt d'Elvis sacrait entre ses dents en essayant de redresser la Trans-Am qui penchait à droite et cherchait à rentrer toute seule dans le décor, c'est-à-dire un bloc de noirceur, sans doute quelque chose comme un fossé, des arbres, tout ce qu'il fallait pour se casser la gueule bien proprement.

— Pèse pas sur le brake, criait Raoul, brake pas, tu vas nous faire revirer à l'envers !

— Ta gueule, fit l'Elvis cramponné à son volant, occupe-toi pas de ça.

— Attention, eut encore le temps de crier Raoul, tandis que la voiture semblait s'enrouler autour d'un axe invisible, changeant brutalement de direction, l'arrière levant de terre, tournoyant dans l'obscurité comme un manège de foire lâché lousse, secouant et projetant les uns sur les autres ses occupants comme un bronco sauvage se cabrant et ruant des quatre fers, tout cela dans les cris suraigus de Gigi, dans un tintamarre et un grincement qui avaient l'air de ne devoir jamais finir, tandis que les lumières de McMasterville et celles, déjà proches, de Belœil virevoltaient et zigzaguaient de l'autre côté des vitres mouillées, comme si tout autour la route et les villes et le ciel plombé et les dernières ténèbres encore collées à la terre avaient brusquement été pris de folie, dansant une sorte de danse de Saint-Guy autour de la voiture désemparée...

Le temps de saisir ce qui se passait, et c'était fini ; en fait, tout s'était déroulé en un rien de temps, dans une infime pincée de secondes, presque rien, car au moment même où Bernard se disait que ça y était, qu'ils étaient en train de se tuer dans cette maudite Trans-Am conduite par un débile, pendant que, les dents serrées, il sentait que ça n'en finissait plus de tourner et de cogner et de grincer, au même moment il y eut un énorme choc, comme une onde, un coup de poing formidable par le travers droit de la voiture dont toutes les vitres volaient en éclats, puis rien, plus rien, sauf une sorte de trépidation — mais n'était-ce pas leurs cinq cœurs qui martelaient ensemble leurs poitrines, dans ce calme horrible et quasiment absolu où ils étaient à vrai dire tombés, comme si en tournoyant et en quittant la route ils avaient rencontré une zone de vide et de silence qui les avait tout bonnement absorbés... Puis il y eut Gigi qui se lamentait. Il ne sut jamais comment il avait ouvert la portière de son côté, ni comment il avait extirpé la fille qui saignait abondamment du nez, puis son copain tout glissant de vomi, la tête branlante, qui avait peine à se tenir debout : c'était comme si cela s'était fait à son insu, ou comme si son corps s'était chargé seul de cette besogne tandis que son esprit vaguait il ne savait pas où... Mais ils étaient là tous les cinq, apparemment sains et saufs, ou du moins capables de se tenir sur leurs jambes, flageolants dans la nuit pâlissante, dans l'immense crachement de la pluie qui leur descendait dessus avec furie, encore hébétés sous ce ciel qui virait de plus en plus au gris et qui laissait deviner, au loin, les rondeurs puissantes du mont Saint-Hilaire. Puis le gars Elvis dit, en grattant ses gros favoris noirs :

— Calvaire, un char bon pour la scrappe ! Un char neuf !

Car la Trans-Am, de guingois au fond du fossé, avait donné du flanc contre un petit arbre — petit, mais assez fort pour enfoncer tout le côté droit de la voiture. Et ils restaient là à se regarder, se tâtant les membres, Gigi se tamponnant le nez avec un kleenex tandis que l'autre, le soûlaud hoqueteux, s'était éloigné de quelques pas pour cracher, sans doute soulevé de nouveau par une incoercible envie de vomir. L'Elvis, lui, les mains dans les poches de son jeans, contemplait en chancelant les ruines de sa Trans-Am, et, là-bas, Raoul allait et venait le long de la route, levant de temps en temps la main pour arrêter une des rares voitures qui filaient comme si de rien n'était dans un grand éclaboussement, et il les regardait en clignant des yeux derrière ses énormes lunettes par miracle intactes, disant, répétant sans cesse nerveusement :

— Faudrait aller appeler la police, les gars, faudrait qu'on aille appeler la police...

— Hostie ! j'étais même pas assuré, fit à mi-voix le conducteur qui, à présent, se massait le coude... Le frame est tout tordu, stie !... Bonne pour la scrappe !

— Tu saignes dans le front, lui dit Gigi d'une voix brisée, puis se tournant vers Bernard : toi aussi, t'es tout graffigné sur la joue, tu saignes.

Bernard passa la main sur son visage. Oui, il saignait un peu, près de l'œil droit, trois fois rien. Avec de la salive, il humecta la petite blessure qu'il pouvait sentir sous son index. Ça le chauffait, à peine... Rien, un coup de chance. Une chance invraisemblable que personne n'ait été blessé sérieusement

— alors qu'il avait connu quelqu'un, une amie de Liliane, qui avait eu une collision à trente milles à l'heure et qui en était morte, une esquille de côte fracturée lui ayant transpercé le cœur... Mais Liliane aussi est morte, pensa-t-il tout à coup, revoyant avec une netteté impitoyable son beau visage congestionné, sa langue sur le bord de ses lèvres, ses yeux agrandis... vision qui lui explosait dans le cœur et dans la tête... mais il était encore trop secoué par l'accident pour réagir même à cela — bien pire, il eut soudain la certitude que rien n'était arrivé et que Liliane dormait en ce moment dans l'appartement de la rue Garnier, dans la tranquillité de l'appartement où l'attendaient aussi les pages blanches de ce grand roman qui... mais non, ça ne se ferait jamais, ça non plus, et d'ailleurs pourquoi pensait-il à cela debout au bord de cette route ? il était pris de vertige, il y avait dans sa tête comme un passage à vide, il ne comprenait pas ce qu'il foutait avec ces ivrognes à côté de cette Trans-Am en ruines, dans la nuit mouillée, avec cette fatigue, cette presque migraine qui commençait à lui serrer les tempes...

Il fit quelques pas sur la route, la pluie tombait de plus belle, se transformait en orage. Il pouvait voir, du côté de la montagne, des lueurs de foudre qui illuminaient le ciel bas. Et, sans même l'avoir vraiment décidé, sans avoir exactement voulu le faire — et peut-être sans bien se rendre compte de ce qu'il faisait —, il s'éloigna, prit encore de la distance, se retourna et, levant la main, leur cria :

— Salut, moi, je continue à pied...

Avant de se détourner pour de bon, il eut le temps, dans le gris de l'aube, de voir quatre visages ahuris qui se tendaient vers lui, quatre formes pétrifiées sur place, Raoul immobilisé sur l'accotement de gravier, dans la lueur brutale des phares des voitures qui filaient et les dépassaient sans même ralentir. Puis il leur tourna le dos et fonça à grands pas dans la pluie, vers l'aube sale qui se levait derrière la montagne.

— Écœurant! cria Raoul là-bas, maudit baveux... (Puis un camion passa, couvrant la voix sous le tonnerre de son diesel emballé)... Maudit chien sale, entendit-il un peu plus tard, de très loin cette fois. Sacrament de pas bon, t'es bien mieux de jamais te remontrer la face... Mon vingt, tu peux te le fourrer dans le cul...

Et avant d'être hors de portée, il entendit aussi, très faiblement : *Écœurant, maudit plein d'marde!*... Mais déjà ce n'était plus rien, de toute façon il n'écoutait plus, cela ne pouvait plus l'atteindre, il s'éloignait, il marchait vite, avec la persistante impression de se fuir soi-même, de sortir d'une zone temporelle — ou du moins d'un secteur de sa propre vie — où il ne pourrait plus jamais rentrer. *L'exil!* murmura-t-il en ricanant... Belœil était tout près, la montagne se détachait là-bas sur le ciel de nuages qui s'élevaient lentement, masse noire dans la lumière blafarde de l'aube, trompeusement proche, on aurait dit à la portée de la main... Mais il ne regardait même pas cela. Il lui suffisait de savoir que la montagne était là où elle avait toujours été, qu'en marchant sur cette route il finirait immanquablement par l'atteindre, et alors il marchait, tête baissée dans l'orage qui à ce moment dégringolait terrible... Puis il entra dans Beloeil endormi, se glissant comme un malfaiteur le long des enseignes lumineuses multicolores qui bordaient la grand-route, hâtant encore le pas car il commençait à grelotter... En levant les yeux, il pouvait voir, à présent, encore plus proche, le mont Saint-Hilaire qui se découpait vaguement en noir, à moitié fondu par des effilochures de nuages avec le ciel de pluie. Et il voulait croire que c'était pour lui le bout du voyage : la vieille maison de pierre brunâtre, le vieillard qui faisait le thé avec des mains qui ne tremblaient pas, qui jamais ne trembleraient, la chaleur du poêle à bois, un lit où s'étendre et dormir pour ne plus se réveiller — une espèce de ventre originel, un abri où il pourrait réfléchir et essayer de se reprendre en main... Il avait besoin du silence profond de cette maison où le temps coulait sans doute à l'envers, où rien ne passait plus, où l'on pouvait atteindre l'extrême bout de sa vie, et même un peu plus loin, dans l'immobilité ineffable, la pérennité, l'immuabilité où durait le vieil Émilien...

*

*   *

Vers cinq heures trente, il avait déjà franchi, dans des trombes d'eau glacée, sous les féroces illuminations de la foudre qui déchirait le ciel charbonneux, le petit pont qui relie Beloeil à Saint-Hilaire, titubant, forçant son chemin dans cet orage fantastique où il avait l'impression de se noyer debout, et il marchait maintenant à flanc de montagne, sur la

route grimpant vers les amas de nuages qui traî-
naient sur les pentes et qui masquaient les sommets.
La pluie tombait beaucoup moins fort à présent,
et il avait ralenti l'allure. Il était fatigué, ça le
tenait entre les omoplates et dans le creux des reins ;
dans la nuque aussi, c'était comme si on lui avait
enfoncé une barre de fer, c'était tout raide, ça lui
donnait la sensation d'avoir la tête bourrée de cailloux,
il lui venait dans les yeux de grandes vagues d'épuisement, ça lui poussait sur les paupières et ça le brûlait
autour des yeux. Transi à mort, aussi mouillé que s'il
était, en chemin, tombé dans le Richelieu, il monta
ainsi, avec une opiniâtreté lente de vieux cheval, dans
le bruit de ventouse que faisaient ses pieds à l'intérieur
de ses souliers pleins d'eau, marchant raide, un peu
comme un automate, tout viré vers l'intérieur, attentif
seulement à ce qui se jouait — ou se mourait — dans
sa tête et dans son cœur, marchant pour ainsi dire
sur le pilotage automatique, ne regardant pas vraiment
ce que ses yeux ne pouvaient faire autrement que
d'absorber tout seuls, traversant sans les voir les
vergers chargés de pommes grosses comme le poing,
se jetant machinalement de côté lorsque venait une
des premières voitures qui, à cette heure, commençaient à dévaler la montagne, tous phares allumés
— car déjà on se réveillait ici et là, des clartés apparaissaient aux fenêtres dans la vallée, des portes
claquaient au loin, et toutes sortes d'oiseaux voletaient
sifflaient pépiaient dans les pins et les érables...

C'est ainsi — épuisé, halluciné, douloureux, traînant toujours l'obsédant cadavre de Liliane qui lui
élançait comme un nerf enflammé, comme un abcès

qu'il aurait eu au cœur —, c'est tout grelottant, au bord du délire ou du moins dans une sorte de fièvre glacée qui estompait toutes ses facultés, qu'il arriva à la bifurcation du chemin des Moulins, où il obliqua instinctivement, avec une vigueur nouvelle, comme un cheval qui sent l'écurie, se secouant pour reprendre conscience, pour tâcher de reconnaître les lieux, faire attention, ne pas rater le chemin qui conduisait à la maison de son grand-oncle...

Puis, comme sans transition, comme si ç'avait été le petit chemin boueux avec ses épinettes et ses haies de senelliers qui s'était jeté devant lui (comme l'été où ils étaient venus dans la Renault de Liliane), tout d'un coup elle fut là de nouveau, la maison du vieillard, avec tout ce qu'il se rappelait, des rochers, des pins noirs, des buissons, des odeurs aussi, avec une multitude de petits détails dont il se rendait soudain compte qu'il ne les avait jamais oubliés — à moins qu'il n'arrangeât au fur et à mesure les jaillissements de sa mémoire, comme s'il était parvenu à se souvenir de la maison de son grand-oncle et des pins noirs et des odeurs de sapinages et des vols grinçants de corneilles au moment même où il les absorbait, à la façon d'un enfant qui mange l'une après l'autre les framboises qu'il cueille, au lieu de les ramasser dans un plat — , oui elle était là, pour vrai, juste devant lui, matérialisée par quel prodige ? réveillée, arrachée du monde fumeux et quasi légendaire où le temps et l'absence l'avaient refoulée, il la retrouvait telle, avec sa clôture toute pourrie délabrée, sa petite barrière à présent dégondée et pendant obliquement dans les hautes herbes jaunes, qu'il franchit avec un frémissement de terreur sacrée... Et il avait gravi les trois marches de pierre et il restait là, sur le perron à moitié écroulé, hésitant encore avant d'oser frapper dans la porte de merisier massif, vaguement conscient de commettre un sacrilège, profanateur, tenant l'impossible pari, la gageure dérisoire d'entrer vivant dans les territoires sacrés de la légende, dans l'antre inconnaissable des personnages qui ont vécu dans notre mémoire, réveilleur de rêve, émietteur de mythe, il se sentait obscurément tout cela à la fois, gauche, debout devant cette porte aveugle, essayant malgré lui d'entendre quelque chose à l'intérieur, n'importe quoi, ne fût-ce qu'une infime trémulation de vie de l'autre côté du lourd panneau de bois, autre chose, en tout cas, que cet intimidant silence, un silence tel qu'il comprendrait un peu plus tard que jamais au cours de sa vie — ou du moins dans les stocks amassés par sa mémoire — , jamais il n'en avait entendu de semblable, car cela se laissait écouter, ce silence pesant, persistant, qui durait comme un écho ou comme un tintement de diapason — un silence trop parfait, d'ailleurs, pour n'être pas le fruit d'au moins un être vivant...

Le bouton de la sonnette avait été arraché depuis belle lurette. Il croyait même se souvenir que déjà elle ne fonctionnait pas dans ce passé lointain, dans cette autre vie maintenant invraisemblable, à jamais perdue dans le brouillard lumineux de son enfance, cet été où son père avait dû frapper à grands coups de poing dans la porte — exactement comme lui-même venait de le faire, un peu timidement d'abord, puis carrément, cognant à gros coups secs, essayant de faire le plus de bruit possible, de peur que l'oncle ne fût sourd à présent, ou profondément endormi... Ou n'était-il pas affalé mort, dans quelque coin se squelettisant? ou au fond d'un vieux fauteuil tout pelé, assis immobile et glacé avec les yeux grands ouverts et ses poils raides de barbe blanche qui auraient continué à pousser sur son menton maigre, ses ongles de cadavre devenus serres crochues? Ou encore il était mort dans son lit froid, arraché par surprise de son corps exténué, vaincu au plus profond de son sommeil circonspect de vieillard... Ainsi, le trop vieil Émilien était peut-être déjà loin, enterré comme n'importe qui dans le petit cimetière de Saint-Hilaire, tout près de cette voie ferrée où le roulement déchaîné des trains secoue les ossements dans les cercueils, disparu en ne laissant dans cette maison, morte en même temps que lui, que le silence, l'inamovible silence qui avait pris entière possession des lieux, comme un nouveau propriétaire qui emménage et s'installe pour rester... De sorte qu'il cessa de frapper, le poing meurtri, sachant tout de même confusément qu'il y avait de l'autre côté de cette porte un peu plus que du silence, mais trop las pour continuer, pour jouer plus longtemps ce jeu qui ne ressemblait plus à rien. Il n'y croyait plus, tout cela l'écœurait... Il n'avait plus envie que de s'étendre quelque part pour dormir. Comme un animal à bout de forces, quoi qu'il puisse arriver, se débrancher, se mettre hors-circuit pour quelques heures... Après, on verrait... Et il descendait les marches, puis il marchait dans l'allée de gravier, puis il franchissait de nouveau la petite barrière et il était sur la route, seul, vide, impuissant et dépossédé de tout, mort de fatigue, sans le moindre désir d'aller plus loin, ne résistant

plus que par une sorte de tension intérieure presque
indépendante de sa volonté à l'instinct qui le poussait
à s'écraser sur place dans les flaques d'eau, comme un
tas de guenilles, pour dormir ou mourir — peu lui
importait — dans le matin qui s'ouvrait clair par-
dessus la montagne, sous ce ciel où le vent chassait
les nuages, mort ou anéanti, sans nom ni visage, sans
passé ni futur, sans histoire, sans rien désormais qui
puisse un jour se raconter... mais il marchait toujours,
gestes mécaniques, prenant à rebours cette route
détrempée sans savoir où il allait, n'allant nulle part
en réalité, rentrant en lui-même pour y disparaître,
vacillant sur ses jambes molles, avec cette tête trop
lourde qui l'attirait puissamment vers la terre...

VI

Dès le début de l'après-midi, les nuages se dispersèrent. À travers les feuilles qui faisaient une immense respiration jaune et verte au-dessus de lui, il put apercevoir le bleu du ciel — un ciel complètement lavé, quasiment violet, où le soleil nu creusait un trou flamboyant. À présent, il ne courait plus, il ne pouvait plus courir parce que ses jambes branlottaient sous lui comme des pattes de mouche et que sa respiration saccadée lui brûlait la poitrine. Il venait d'entrer dans la forêt, quittant la route en direction du lac Hertel, contournant le terrain de stationnement asphalté où ça commençait à arriver, des voitures de toutes les couleurs, popas, momans et marmaille, tout cela en short, chemisette ou T-shirt bariolés, ça déchargeait de la mangeaille pour profiter du beau temps revenu et aller pique-niquer au lac... mais déjà il s'éloignait, des pans de feuillage se refermaient dans son dos avec un bruit mou, il s'enfonçait dans le sous-bois, hors d'haleine avant même d'avoir fait cent pas dans ces broussailles qui lui happaient les mollets, sur ce terrain glissant et boueux, qui devenait vite assez escarpé — de sorte qu'il dut s'arrêter pour reprendre son souffle, dans une échancrure de la forêt qui laissait le soleil couler à flots.

Il s'adossa à un arbre, écoutant son cœur qui s'emballait, provisoirement K.-O., avec des taches rouges et noires qui lui dansaient devant les yeux, avec une angoisse atroce qui lui serrait le ventre... Il avait couru trop vite, aussi. Il le savait. Mais ça l'avait pris malgré lui. La terreur fichée comme un javelot entre les omoplates, il avait couru, quelque chose en lui l'avait obligé à courir jusqu'à la limite de ses forces... Et maintenant — tout en observant la route beige pommelée d'ombres bleues qui coupait le paysage en contrebas, tout en écoutant les petits bruits filtrés par les feuillages et amenuisés par la distance, prêt à détaler à la première alerte comme le gibier qu'il était tout à coup devenu — , maintenant il arrivait plus ou moins à se rappeler par quelle succession aberrante d'événements il se retrouvait dans cette forêt, adossé à cet arbre, les poumons en feu, animal traqué attendant la meute... et il se laissait envahir par des séquences floues d'images heurtées, il revoyait comment, en s'éloignant de la maison de son grand-oncle, il avait marché sous la pluie grise qu'il fallait littéralement écarter comme des draperies pour avancer, trempé jusqu'au cœur, grelottant, tenant mal sur ses jambes, traînant fatalement comme un crêpe funéraire, dans une espèce de demi-sommeil, le beau visage mourant de Liliane qui disparaissait dans des distances incommensurables puis réapparaissait, tout proche, si près qu'il lui arrivait de sentir son haleine sur sa face et d'entendre sa respiration râlante et de tenir entre ses doigts, dans la chaleur enfiévrée de ses mains, la douce gorge où la vie palpitait et s'affolait — mais il était trop groggy pour que son esprit s'arrête longtemps sur cela... il avait marché ainsi, comme un somnambule, quittant la route et traversant des champs mouillés et des vergers, puis aboutissant devant un hangar de planches. Le hangar était ouvert et paraissait vide. Bernard s'était immobilisé dans la porte, secouant la tête pour reprendre ses esprits, pour se réveiller, mais sans parvenir à comprendre comment il était arrivé là, pensant seulement que là-dedans il faisait sombre et sec et que rien au monde n'aurait pu l'empêcher de s'y laisser tomber pour dormir. En fait, il n'avait même pas pensé cela : automatiquement, il était entré dans la pénombre brune qui sentait les insecticides et les engrais, il s'était jeté, ou plutôt abattu comme un fusillé sur un tas de toiles ou de bâches qu'il y avait là, le long du mur du fond, et, presque au moment même où sa tête avait touché le tissu rugueux et malodorant, il avait sombré dans le noir...

Puis il y eut un homme. C'est-à-dire qu'il avait fermé les yeux (perdant brutalement lumière, s'éteignant en quelque sorte soi-même dans son immense fatigue), et qu'il les avait rouverts aussitôt, au bout de ce qui lui avait semblé une fraction de seconde... et alors il le vit, il était là, dans le rectangle aveuglant que le soleil projetait sur le plancher de madriers, massif, formidable comme ça en contre-plongée, avec sa casquette et ses bottes de caoutchouc... Il portait une grosse manne de pommes vertes, qu'il prit le temps de déposer à côté de la porte avant de dire (ou sans doute de répéter) d'une voix profonde et rauque :

— Hein ? Qu'est-ce tu fais icitte, toé ?

Et comme Bernard, sans répondre, encore tout hébété, se mettait sur ses pieds, chambranlant, les yeux tout collés par le sommeil comme s'il avait eu des toiles d'araignées sous les paupières, l'homme avança d'un pas.

— Mon grand sacrament, dit-il tranquillement, moé, j'vas te sortir d'icitte à coups de pied dans le cul !

À présent, il pouvait constater que l'homme, bien que dans la cinquantaine, était probablement assez robuste pour mettre sa menace à exécution.

— Correct, dit-il d'une toute petite voix enrouée, correct, le père, choquez-vous pas. Je m'en vas. Pas besoin de vous exciter comme ça, c'est pas bon pour votre cœur...

— Ah, c'est comme ça ! fit l'autre en se campant devant la porte, tu veux faire ton smatte... Ben attends donc un peu... Tu vas t'apercevoir que c'est un p'tit jeu qui se joue à deux...

— Tassez-vous de là, ôtez-vous que je sorte.

— Tiens-toi tranquille, coupa l'homme d'un ton menaçant. Toé, tu vas rester icitte dans le hangar... J'vas t'embarrer, mon grand calvaire. Tu conteras ton histoire à la police...

Mais déjà, sans trop savoir comment il avait osé le faire — un peu comme il avait imaginé la scène du meurtre de Marcel Guilbert — , il avait passé la main sous l'élastique de son coupe-vent et d'un geste sûr, quasiment cinématographique, d'un geste de professionnel du couteau, comme un bon Hell's Angel ou comme un bandit calabrais, il avait dégainé son poignard et il le pointait vers le bonhomme.

— Ôtez-vous de mon chemin, dit-il très vite, avec la curieuse impression que c'était un autre qui parlait en se servant de sa bouche, ôtez votre gros cul de là, ou ça va aller mal pour vous !

— Calvaire de crotté, fit l'homme sans bouger. Si j'avais rien que dix ans de moins, je te le ferais avaler tout rond, ton p'tit maudit couteau.

— Attention, articula péniblement Bernard qui s'efforçait de ne pas crier et de ne pas trembler, sentant bien que sa gorge se nouait et qu'il était sur le point de perdre tout contrôle... Allez-vous-en ou je vous tue ! J'vas vous tuer !

Un moment, ce fut le silence, les deux hommes se dévisageant dans la pénombre du hangar, puis Bernard hurla, d'une voix aiguë :

— J'vas vous tuer !... J'vas vous ouvrir le ventre !

— T'es chanceux d'avoir ton couteau, gronda le type en reculant tout de même à l'extérieur... En tout cas, t'es bien mieux de pas le lâcher.

Et voilà qu'ils étaient dehors, dans le soleil déjà haut et dans les odeurs fortes qui montaient de la campagne détrempée, le bonhomme, mains sur les hanches, tranquille et puissant, hargneux, marmonnant d'inaudibles injures tandis que lui, Bernard, reculait lentement en direction de la route qui passait là-bas, au bout de ce chemin boueux qui menait au hangar et à la maison de bardeaux blancs où habitait vraisemblablement l'homme avec sa famille (sans doute un pommiculteur, un petit producteur local, comprit Bernard en apercevant, au-delà du hangar, le verger où circulait un tracteur). Puis, d'un seul geste, il fourra le poignard dans son étui et fit volteface. Et il se mit à courir, éperdu, glacé d'épouvante, redevenant tout à coup l'enfant à moitié fou de terreur qui fermait les yeux en tremblant lorsque dans le noir la porte de sa chambre s'ouvrait et qu'Il venait près de son lit, saisi par une peur animale il courait aussi vite que pouvaient le faire ses jambes et plus vite que ne l'auraient voulu son cœur et ses poumons, sachant pourtant bien que le bonhomme ne le poursuivait pas, n'entendant rien derrière lui, mais fuyant quand même à fond de train, comme si le seul fait de s'abandonner totalement à cette terreur bestiale avait pu le soulager, exorciser ce qui criait en lui, lâcher un peu de pression — il ne savait pas, il ne pensait pas à cela, ni à rien, il courait, et dans le martèlement fiévreux de ses talons, sentant son souffle lui limer le dedans du corps, il repassa devant la maison du vieil Émilien et traversa obliquement la route et voilà qu'il se trouvait sous le couvert relativement rassurant de la forêt, tout courbatu, fourbu, appuyé à cet arbre, reprenant peu à peu son souffle, épuisé dans sa tête bien plus que dans son corps, écœuré de fuir et de lutter contre des ombres... il éprouvait, encore une fois (mais c'était beaucoup plus fort), une envie folle de se coucher par terre comme une bête qui va mourir, comme un chien empoisonné, oui quelque chose comme ça, se voyant par fulgurances étendu là, les bras en croix, cessant pour toujours de respirer et de penser et de se haïr, oh rentrer sous terre et devenir soi-même terre, comme s'il n'avait pas existé, faire que tout s'efface — jusqu'aux moindres traces de son passage dans cette vie...

Des parfums pénétrants lui venaient du sol détrempé, du sous-bois, de tous les feuillages de la montagne. Brusquement, il lui sembla encore une fois que rien ne s'était passé et qu'il n'avait aucune raison de rester debout contre cet arbre, comme si on l'y avait transporté à son insu, comme s'il était, par quelque incompréhensible fatalité, obligé de se cacher dans les bois du mont Saint-Hilaire, à ne rien faire sinon attendre quelque chose qui n'arrivait pas... Et il sentait naître en lui (c'était fou !) un certain bien-être. Son cœur s'apaisait. Immobile dans la lumière dorée, respirant ces fortes odeurs chargées de souvenirs, il laissait tout le paysage monter vers lui, entre les troncs gris des érables de la lisière. Car c'était bien l'impression qu'il avait : que cet éclaboussement de lumière, ces formes et ces couleurs, tout le bleu cru du ciel et la campagne verte et jaune lui fonçaient dessus à flanc de montagne et lui déboulaient dans la tête... Ou c'était le contraire, comme si, dans une hallucination forcenée, des images emmagasinées depuis son enfance avaient démesurément grossi et qu'elles lui étaient sorties par les yeux, comme une surimpression photographique allant flotter d'elles-mêmes à leur emplacement précis dans ce paysage où il avait vécu de si beaux jours. Alors voilà que ces heures à jamais disparues se réveillaient, douces jusqu'à la douleur, qu'elles se levaient dans l'herbe reluisante ou dans les longs foins jaunis qui se balançaient mollement, dans les flaques d'eau où le fantôme d'un petit enfant de huit ans courait encore en chassant les rainettes... Et pendant un instant — un éclair, une lézarde foudroyante, une déchirure dans le mur du temps — , il revit tout cela avec ses yeux d'autrefois. Dans un de ces impondérables moments où l'on croirait se balancer en équilibre sur la frontière de l'éternité, ce fut le petit Bernard qui absorba toute cette lumière qui jaillissait de l'autre côté du temps. Comme vingt-sept ans plus tôt, comme si cet instant se superposait exactement à un autre en tous points pareil sorti intact de son passé, il regardait, hypnotisé, les toits des maisons qui dévalaient jusque dans la vallée où rampaient encore des restes de buée blanche, les formes de Rougemont et des petites montagnes au loin qui émergeaient de leur brume bleue, tout ce coin de pays qui flamboyait sous le prodigieux léchage de ce soleil qui avait l'air de délirer là-haut et de vouloir remplir tout le ciel, tandis qu'en altitude un grand vent balayait vers l'est les derniers nuages...

Ce fut un peu plus tard, mais pas beaucoup, qu'il entendit les voitures. Pas de sirènes, ni rien, non. Mais il lui suffisait de les entendre venir pour savoir que c'était eux. Le bonhomme avait dû s'empresser de téléphoner à la police, bien entendu... *Un gars avec un couteau, oui oui, un grand crotté barbu, yes sir, un dangereux ! y avait un poignard long comme ça, voulait égorger toute ma famille, des yeux de fou, pour moi y était gelé ben dur, une sorte de motard, un sacrament de bandit, en tout cas y a dit qu'y reviendrait pour nous zigouiller une bonne fois, la nuit, oui oui des menaces, je vous dis, pas de chances à prendre, m'sieur, feriez mieux de faire attention, le genre pour vous couper la gorge avec son hastie de couteau, oui m'sieur, y est parti par là, y a pris par la route, y a passé devant la maison du bonhomme Pion, pis y est entré dans le bois, attention, hein ? z'êtes mieux de sortir vos guns tout de suite, pas le manquer, le maudit baveux...* Et il les voyait comme s'ils avaient déjà été là, ou comme s'il avait fait l'objet d'une chasse à l'homme dans le style de certains films américains — d'une seconde à l'autre tout le grand truc à la Metro Goldwyn Mayor allait resourdre dans le tournant de cette route, des fourgonnettes et des voitures de police et même des jeeps remplies de volontaires, tout ce beau monde bardé de fusils chargés de chevrotines jusqu'à la gueule, de revolvers, tous les magnums possibles, et aussi des mégaphones *rendez-vous vous êtes cerné vous n'avez aucune chance rendez-vous ou on va aller vous chercher,* et alors il les verrait sortir des fourgonnettes en aboyant, les chiens qu'ils auraient amenés, des bergers allemands et des dobermans, tous dressés pour sauter à la gorge bien sûr, ou pour happer à pleine gueule votre entrejambes, crocs rouges le sang dégouline, la douleur est comme un arc-en-ciel géant qui vous part de la fourche et vous pète dans la tête, les chiens vous dévorent vivant les testicules et le pénis avant que leurs maîtres sarcastiques aient le temps (ils auront pris leur temps) de les rappeler... en tout cas, c'est comme ça, les chiens en laisse, aboiements féroces dans les

bois, excités par leurs gardiens ils chassent la chair
d'homme, la battue s'organise, il faut fuir plus haut
dans la montagne et peut-être, qui sait ? passer le
sommet et redescendre de l'autre côté vers Sainte-
Madeleine et Saint-Hyacinthe, provisoirement sauvé...

Mais il ne vit que deux voitures de police, qui
s'arrêtèrent un moment devant l'entrée du domaine
du lac Hertel, puis s'engagèrent en crissant sur le
terrain de stationnement. À présent qu'il ne pouvait
plus les voir ni les entendre, la terreur s'était de
nouveau répandue en lui. Avec une sorte de haut-le-
cœur, il se détourna et s'enfonça dans la forêt. Au
moins, il respirait plus facilement et son cœur avait
repris un rythme à peu près normal. À travers les
feuilles, le soleil clignotait pétillait et il eut brièvement
l'impression de marcher dans un kaléidoscope... Cette
fois, il était poursuivi, il le savait — mais il n'arrivait
pas à y penser nettement... Il y avait, de plus en plus
présente et lancinante, l'image de Liliane qui s'interposait entre lui et la moindre de ses pensées, de sorte
que même lorsqu'il ne pensait pas à Liliane il pensait
tout de même à elle, comme s'il avait été pourvu d'un
second cerveau qui n'aurait eu pour fonction que de
penser à elle, que de susciter l'image d'elle, que de lui
conserver à jamais le souvenir de son pauvre visage
assassiné. C'était, comment dire ? une quintessence
de pensée. Pas nécessairement une vraie pensée,
même pas une obsession — du moins pas dans la
forme que cela avait pris pour le moment. Non,
c'était beaucoup plus subtil. Le visage de Liliane, les
yeux étonnés de Liliane, le corps inanimé de Liliane,
tout cela avait pris la dimension de l'espace même où

il se mouvait, ou, si l'on veut, cela occupait en lui tout
son espace mental et même un peu plus, à tel point
que le meutre de Liliane — encore plus que le
souvenir de Liliane elle-même ou que son image à
elle — lui suintait par tous les pores de la peau et lui
faisait comme une aura. Il ne bougeait plus qu'avec
les gestes du meurtrier de Liliane, il ne respirait plus
qu'avec les narines et les poumons de l'assassin de
Liliane, ses mains demeuraient et demeureraient pour
toujours les mains qui avaient serré la gorge de
Liliane, serré cette gorge, serré, serré, jusqu'au
moment où... Mais cela, il ne pouvait pas le revoir
dans sa tête sans avoir envie de crier. Cela lui faisait
un mal atroce, insupportable, si bien que par une
sorte de réflexe de défense, comme si un système
immunologique indépendant avait assuré un tri per-
manent de ses pensées ou avait sectionné certains
raccords, il n'arrivait pas — il n'arrivait plus actuel-
lement — à évoquer avec précision la scène même du
meurtre. Les images étaient glissantes, fuyantes, se
dérobaient au moment même où elles se présentaient,
fourmillantes, à la fois omniprésentes et insaisissables.
Et pourtant il était habité. Il était hanté. La scène de
son meurtre était en lui pour rester, bien entendu. Il
savait bien qu'elle n'attendait qu'une occasion pour se
matérialiser de nouveau, comme un champignon
déshydraté n'attend que de l'eau pour se gonfler et
reprendre sa forme originale. Mais, pour le moment,
le souvenir était apparemment inoffensif, gommé,
flou, recouvert par une eau trouble, comme un visage
de noyée qui vous regarde du fond d'un étang. Et
c'était parfait comme ça... En réalité, ça lui faisait
toujours aussi mal, mais de façon raffinée, abstraite

en quelque sorte... C'était comme une dent pourrie dont on a étouffé la douleur à coups d'injections de novocaïne et qui ne vous élance plus que de très loin, sourdement, comme si le foyer d'infection avait été par un tour de passe-passe transporté quelque part à l'extérieur de vous. En tout cas, c'était momentanément loin de lui. Ou sa faculté de souffrir et même celle de désespérer étaient émoussées. Il ne savait plus. Et de toute façon il ne tenait pas à savoir.

Puis, de nouveau, il ne fut plus capable de marcher. Ou il n'en avait plus envie, peut-être... Alors il s'arrêta, derrière un gros rocher, au beau milieu d'une montée abrupte à travers les épinettes et les bouleaux, et il attendit. Et quand les voix et les bruits de branches et de brindilles cassées commencèrent à se répandre dans la forêt, il se sentit presque rasséréné. Quelque chose achevait, il le comprenait, il n'y pouvait plus rien. Aussi bien que ça se fasse le plus vite possible... Il ne voulait plus lutter... Ah comme il allait être horrible et doux de se laisser aller, de n'être plus rien qu'un objet répugnant, un animal galeux qu'ils allaient prendre en charge... Il était au bout de son rouleau, c'était la fin du voyage — rien n'allait plus être possible désormais, et même le rêve ne lui serait plus permis... Et c'était très bien comme ça. Il avait terriblement peur, mais il s'en foutait. Un mauvais moment à passer. Comme quand on crève pour de bon. Il les entendait approcher et, malgré ce mal de ventre qui lui donnait envie de chier dans ses culottes, malgré sa gorge serrée, malgré son souffle court et la nausée qui l'envahissait comme une eau boueuse, il avait hâte qu'ils soient là, juste devant lui, pour qu'enfin il puisse sortir de son abri et que, les mains en l'air, ignominieusement, laid, vaincu et abject, il se livre à eux — et que tout soit fini. Vraiment fini.

*

* *

Les deux policiers qui le saisirent puissamment par les bras (il eut soudain l'impression qu'il avait été happé par des pièges à loups) pour le conduire ou le traîner, le levant de terre, vers leur voiture étaient monstrueux et larges, avec des gueules comme des enclumes, de tout petits fronts, des yeux minuscules de gorets et d'énormes mains poilues capables de vous déchirer en deux comme une vulgaire feuille de papier. Une fois qu'ils l'eurent jeté sans trop de ménagements sur la banquette arrière de l'auto-patrouille, menottes aux poings, sous les regards avides des quelques curieux qui s'étaient rassemblés dans le terrain de stationnement du lac Hertel, lorsqu'on eut refermé et verrouillé la portière et qu'il se retrouva relativement seul derrière ce grillage d'acier qui l'isolait comme un chien enragé de la banquette avant — où à présent prenaient place les deux pachydermes, faisant gémir les ressorts de la voiture et y répandant presque instantanément une lourde odeur de transpiration et de lotion après rasage bon marché — , à ce moment il eut la désagréable impression que sa tête n'arrivait plus à penser. Un peu comme lorsqu'on est incapable d'avaler sa propre salive. Ou même de sécréter quoi que ce soit... Il n'était guère plus qu'un cadavre. On le prenait en charge, et cela lui procurait une sorte de jouissance perverse... Voilà, c'était fait,

la page avait été tournée — ou arrachée... Provisoirement, il n'avait plus besoin de faire d'efforts — ces
efforts qui le tuaient, qui l'avaient quasiment vidé de
ses entrailles, comme s'il s'était fait éclater en essayant
de se gonfler à la taille de ce qu'il aurait voulu être.
C'était fini, tout ça. Maintenant, il pouvait se laisser
couler à pic, son destin ne lui appartenait plus, ni
rien... Une roche qui roule sur une pente, un peu de
poussière emportée par le vent, à peine un souvenir :
les mots qu'il avait écrits et fait imprimer dans la
tentative dérisoire, vaniteuse et désespérée de laisser
quelque chose, une trace, un peu de soi qui revivrait
chaque fois qu'un lecteur ouvrirait le livre — son
Livre — et communierait à ses paroles... rien du tout,
du papier jauni qui n'intéresse personne, un témoi-
gnage perdu dans le désert inculte de son pays
empoisonné... De toute façon, ça n'avait plus d'importance. Il était épuisé, tout essoufflé par en dedans, pas
tant dans sa poitrine où son cœur toquait toujours
comme une horloge imbécile, que dans sa tête où il
était à bout de souffle, marathonien de la désolation,
exténué, vaincu jusque dans ses moelles, la langue
pendante, vidé pour l'éternité, ne voyant vraiment
pas comment il pourrait se sortir de ce trou noir où
des forces démentes et irrésistibles l'aspiraient, ne
désirant d'ailleurs même pas s'en tirer, anesthésié
qu'il était dans cette espèce de no man's land mental
où, en somme, il se sentait presque bien...

Et cela, c'était tout de même quelque chose de
relativement nouveau. Cet étrange confort intérieur.
Cette miséricordieuse gomme à effacer qui venait de
lui passer dans la tête et qui la laissait comme une

page blanche — ou à peine souillée ça et là, retenant
encore des gribouillis, des graffitis obscènes, des
ébauches de dessins abominables, des morceaux de
visages, avec en arrière-plan des voix, des gestes et
des odeurs, une vertigineuse enfilade inaccessible
pour le moment et qui représentait ce qu'il avait été,
en fait des vestiges persistants, des signes profondément gravés, que rien ne saurait abolir, même les
avanies du temps et de la vieillesse, même la décré-
pitude la plus avancée, même la déchéance la plus
totale et la plus abjecte, et que seule la mort pourrait
probablement anéantir — et encore, cela restait à
prouver.

Dans la tranquillité fangeuse où il glissait, comme
un gars soûl, presque paisiblement, absurdement, à
peine troublé par les lambeaux du souvenir de Liliane
qui flottaient en lui, par l'image lancinante mais
transparente de Liliane vivante et de Liliane morte
(tandis que la voiture se mettait en marche et que les
visages et les costumes colorés des curieux devenaient
flous, se fondaient dans un mouvement continu qui
les projetait de plus en plus vite vers l'arrière, puis
tandis que l'auto-patrouille virait dans le chemin
Ozias-Leduc et que le gros débile accroché à son
volant enfonçait l'accélérateur et lançait la voiture
sur la route, comme une avalanche de tôles et d'en-
grenages dévalant la montagne avec des pneus
malmenés qui hurlaient dans les courbes), dans cet
état de choc et de prostration, il lui paraissait évident
qu'il venait d'être remisé sur une voie d'évitement,
décroché pour toujours de la longue mascarade
impuissante qu'avait été sa vie... Et il savourait avec

une atroce délectation le sentiment — qui s'était installé en lui comme un parasite — que tout avait été dit une fois pour toutes : quoi qu'il fasse, il ne pourrait plus que tourner en rond... Il lui venait une intuition soudaine et agressive de cela, une sorte de certitude enfiévrée, il savait que son destin ne pouvait plus être formé que de répétitions et de rechutes perpétuelles, jusqu'au désespoir, jusqu'à l'usure ultime, Sisyphe grotesque condamné à errer pendant l'éternité dans des taxis ou des voitures conduites par des frénétiques — Elvis ou policier écumant — , condamné à brûler l'asphalte des routes, sans repos ni rémission, frappant à des portes qui ne s'ouvrent pas, toujours projeté dans cette inconcevable durée, pas encore mort mais exclu de la vie, proscrit même à ses propres yeux, vaguant à des milliards de kilomètres de la chaleur de l'amour, comme un aérolithe qui, au fur et à mesure que sa course rageuse dans le vide interstellaire l'éloigne de l'explosion initiale, se refroidit, se racornit, se résorbe à l'intérieur de lui-même jusqu'à ce qu'il ne soit plus qu'une simple roche dans la nuit, un mouvement, un rien qui fonce dans les espaces, dans la mort et le gel de sa trajectoire stérile.

VII

Et quand il n'y eut plus rien — quand les derniers atomes de force et d'espoir se furent anéantis — , lorsque tout fut pour ainsi dire achevé et consommé, il y eut encore cette cellule dans le sous-sol d'un poste de police.

Un cul-de-sac. Voilà, il avait le sentiment d'être parvenu à un terminus, au-delà duquel plus rien ne pouvait exister. Le trajet était définitivement interrompu pour lui, il n'allait pas plus loin — ou, du moins, il ne concevait pas la nécessité, la simple nécessité de continuer, de poursuivre ce voyage sans intérêt, maintenant que tout était irrémédiablement gâché, maintenant qu'il n'avait plus d'illusions, que son masque était tombé et qu'il avait envie de se cracher en pleine gueule... De toute façon, il ne savait plus trop ce qu'il était... Une entité amorphe et pantelante, un être retourné à l'informe et à l'innommé... Plus précisément, il se retrouvait au fond

d'un puits — dans lequel, en fait, il n'avait jamais
cessé de tomber sans le savoir, depuis l'instant de sa
naissance ou même depuis que la semence de son
père avait frétillé têtards dans le vagin baveux, morne
et outragé de sa mère. C'était l'aboutissement sordide
de trente-cinq ans d'errance et de comédie : une petite
pièce blanche et nue, sans fenêtre, pourvue seulement
d'une étroite couchette fixée au mur et d'une tablette
en contreplaqué.

À présent, il était étendu sur cette couchette,
essayant de ne pas penser et y parvenant à peu près,
mou et vide, déglingué, tandis que dans le bureau d'à
côté des policiers s'affairaient vraisemblablement à
vérifier son identité. En tout cas, ils avaient tout ce
qu'il fallait pour ça. Tous les papiers et les cartes
qu'ils avaient trouvés sur lui. Le poignard, aussi...
Peut-être qu'en ce moment même un constable téléphonait chez... Avec un immense dégoût qui lui
soulevait le cœur, il lui semblait, sans qu'il pût rien
faire pour empêcher cela, entendre la sonnerie du
téléphone dans l'appartement de la rue Garnier, dans
le silence spécial, dans l'immobilité parfaite de cette
chambre où Liliane, non : le corps de Liliane était tout
étalé sur le lit, les bras en croix, sans doute glacé et
raidi à présent, avec ses seins à l'air, son huître morte
dans ses poils, ses yeux agrandis et sa bouche
entrouverte, sa langue... Ah non ! il était en train de
tomber dans le piège... Il ne voulait pas penser à ça !
Mais cela se faisait tout seul, cela lui traversait la tête
comme des décharges électriques, ou comme de la
pellicule de cinéma, film atroce que rien ne pouvait
plus empêcher de se dérouler, comme si, tout à coup,

les événements s'étaient mis à le penser, lui, cet homme vaincu et désormais sans histoire, à le manœuvrer jusque dans sa tête, sans pour autant que cela, cette projection débridée d'images, puisse s'appeler penser...

Il restait étendu sur le dos, mains derrière la nuque. Mais il ne dormait pas. Il ne se sentait pas particulièrement éveillé non plus. Somnolent seulement. Une sorte d'état intermédiaire, peut-être. Et toujours ces images absurdes, folles, qui semblaient s'interposer entre ses yeux et le plafond blanc où brillait doucement une ampoule nue derrière un grillage protecteur. Mais il ne voyait pas vraiment cela. Pas plus qu'il n'entendait réellement, c'est-à-dire en le sachant, les faibles crépitements d'une machine à écrire qui lui parvenaient par intermittence de l'autre côté de cette porte qui isolait la cellule des bureaux de la police — une seconde porte, en somme, destinée à cacher, à occulter, à enfermer dans un deuxième contenant la cellule elle-même, avec sa grille à gros barreaux d'acier peints en noir et munie d'une serrure carrée qui avait clic-claqué sèchement tout à l'heure, quand le constable l'avait encagé là-dedans après lui avoir offert une tasse de café qu'il avait machinalement refusée... Alors il ne dormait pas, il ne voulait pas dormir, malgré le soir qui venait et malgré sa lassitude qui lui fermait de force les paupières, lourdes comme des lingots de plomb. Maintenant qu'il était contraint à l'immobilité, toute sa fatigue lui rentrait dedans d'un seul coup. Il se sentait partir... Dans sa tête, rien que des morceaux qui s'en allaient à la dérive, éléments à jamais inconciliables de quelque monstrueux puzzle... Il n'en pouvait plus. Tout s'arrachait maintenant de lui, il avait peine à se rappeler son propre nom, il n'était plus rien, il ne comprenait plus ce qui était en train de lui arriver... Et pourtant, il ne voulait pas se laisser aller, il résistait au sommeil, sans doute effrayé par ce flot d'images éparses qui lui déboulaient dessus sans discontinuer et qui le traqueraient sûrement jusqu'au plus profond de ses rêves. Et alors ce serait hideux !... Mais déjà tout chancelait en lui, tout s'effritait, plâtras et gravats, il devenait une maison morte, des ruines balayées par le temps — et, dans les derniers vacillements de sa conscience, il sut qu'il ne pourrait plus rien faire pour s'empêcher de dormir, ni pour chasser ces images, ni même pour se lever de là, de la couchette dure où il avait l'impression de se transformer à vue d'œil en une vague substance qui se désagrégeait et s'en allait liquide comme un petit tas de neige noire au soleil d'avril...

Il sursauta... il avait dû s'endormir malgré tout, car voici qu'un jeune constable était penché sur lui et le secouait pour le réveiller, il lui disait *c'est le matin, réveillez-vous, c'est le matin*, et il disait aussi qu'il pouvait prendre ses cliques et ses claques pour foutre le camp au plus vite... alors il était debout, il ne comprenait plus rien, c'était fini ? on le laissait aller comme ça ? et il avait envie de tout lui dire, à ce jeune constable qui avait l'air d'un adolescent et ressemblait, en fait, un peu à lui-même, Bernard, lorsqu'il avait seize ans, oh oui lui raconter la chose, l'abominable chose qui l'habitait et le gonflait douloureusement, le meurtre, car cela avait eu lieu ! ce geste révoltant entre tous ne

cesserait plus d'avoir lieu, je t'étrangle tu vas crever !
et rrrhh ! râler ses derniers râlements, le corps qui
s'effoire mollasse sur le lit, il faut dire tout ça, lui dire
Liliane son amour assassiné, et c'était d'ailleurs étrange,
pensait-il, que le jeune policier ne voie pas les scènes
atroces qui grouillaient dans sa tête et qui sortaient
de lui, ça lui faisait comme un halo d'images, comme
s'il avait été transformé soudain en projecteur multi-
directionnel flanquant dans toute la pièce les images
du meurtre sauvage de Liliane, *mais vous voyez pas*
qu'elle est morte ? cria-t-il, *vous devez me juger, Monsieur, il*
faut que je paie aussi pour ça ! mais le constable ne voulait
rien entendre et il le repoussait doucement mais
fermement vers la sortie, disant que tout était
arrangé, que le bonhomme du verger avait retiré sa
plainte et qu'on avait vérifié son identité, oui oui tout
était parfait on avait même téléphoné chez lui on
avait parlé à sa blonde, naturellement, pour contrôler
et la rassurer, *maudite belle plotte !* ajouta le policier, et
en riant aux larmes il lui claqua la porte au nez... il
était dehors, dans le soleil mielleux et beaucoup trop
chaud qui arrosait la route et la montagne là-bas et
les champs jaunissants piqués de grosses fleurs rouges
qui bougeaient sinistrement, et il pensait mon Dieu
c'est comme le sang dans les veines c'est le sang de la
terre ça pulse coule de tous bords tous côtés ça
meurt, alors il marchait dans cela, dans la chaleur de
ce soleil pétant et blanc qui lui cuisait le corps il
marchait, il pensait il faut rentrer chez moi elle doit
m'attendre et s'inquiéter sans bon sens, alors il se
souvint encore de Liliane morte, du corps froid de
Liliane sur le lit, et il sentit qu'il avait mal au ventre, il
fallait qu'il marche plié en deux parce que ça lui

tordait les tripes et il pensait ça y est c'est encore l'envie de chier c'est comme ça qu'on vient au monde, et il se disait aussi c'est impossible il n'a pas pu téléphoner, car il savait bien qu'elle était morte et qu'un cadavre, même de femme jeune et belle, ça ne répond pas au téléphone, donc elle ne pouvait pas s'inquiéter ni rien, elle ne s'inquiéterait plus jamais parce qu'il avait fait cela avec ses mains il avait tenu dans ses mains — ces espèces de pinces de homard mauves qu'il sentait durcir au bout de ses bras comme des outils sexuels maléfiques — il avait serré entre ses doigts la gorge tendre et molle de Liliane ah oui il y avait de la vie qui battait là-dedans, et tout en marchant il avait l'impression que le corps inanimé de Liliane descendait encore le long de lui comme autrefois dans des époques reculées et inimaginables elle se laissait descendre et l'aimait en l'entourant de ses bras sa bouche suceuse et pulpeuse et rouge glissait sur son ventre et engloutissait et pompait le sexe dur comme un manche de hache bandé congestionné jusqu'à la douleur mais oui ils s'étaient aimés Liliane ! Liliane !... alors il lui sembla qu'il s'était mis à courir, il courait en pleurant dans le soir tombé, dans la nuit pluvieuse qui fondait sur lui, et il s'arrêta devant ce motel dont les néons clignotaient dans le noir, au fond du terrain de stationnement il voyait une cabine téléphonique et il se dit c'est le moment, et il était à présent dans la cabine, il n'avait plus mal au ventre, il n'avait plus peur, il composait le numéro et la sonnerie vibrait dans son oreille, puis elle fut là au bout du fil, sa voix de tous les jours sa voix vivante un peu ennuyée seulement disant *ah c'est toi, qu'est-ce que tu veux ?* et il ne comprenait plus rien, il se demandait pourquoi il ne s'évanouissait pas raide par terre ou comment il faisait pour ne pas mourir, car elle était là on aurait juré bien vivante, et il voulut parler pour au moins dire Liliane c'est toi Liliane ? mais il avait beau ouvrir la bouche, ça ne venait pas, il voulait dire je t'aime Liliane je te veux pour toujours, mais rien ne sortait, il était comme un poisson jeté au fond d'une chaloupe il ouvrait grotesquement la bouche, il pouvait se voir lui-même dans le vitrage de la cabine sur le fond noir de la nuit comme sur un écran de cinéma, mais il ne disait rien cela ne voulait pas sortir de lui il n'arrivait même pas à dire c'est moi tu vois bien que c'est ... et alors il s'aperçut qu'il ne savait plus comment il s'appelait, sa voix lui était rendue mais il ne savait plus son nom, il n'avait plus de nom il n'était plus personne, et il pensait pourvu qu'elle ne m'oublie pas pourvu qu'elle sache, alors elle lui dit qu'elle ne pouvait pas aujourd'hui, parce qu'elle avait quelqu'un avec elle, *tu sais bien*, dit-elle, *c'est de la belle visite de la visite rare il faut que je m'en occupe...* sur l'écran il voyait maintenant la chambre de l'appartement de la rue Garnier et elle, Liliane, vivante et cochonne était étendue toute nue sur le lit, elle avait la face bleue et sa langue épaisse et noire sortait entre ses lèvres, et il y avait aussi son père à lui, son père ! Lui ! son père tout nu, son corps ridiculement maigre dans sa peau flasque et rose il enlevait sans hâte ses lunettes il était ivre dégoûtant, *r'garde bien ça, mon ti-cul !* cria-t-il en le regardant, et il s'exhibait il se secouait le sous-ventre ah Seigneur il était bandé gros et dur il se maniait branlait en ricanant son instrument gigan-tesque gland violacé comme un champignon vénéneux émergeant de son poing amanite immonde, tandis

qu'elle prenait des poses lascives, garce blafarde
s'ouvrant béant le mollusque, et il pouvait sentir les
jus puissants de l'organe glacé flicflaquant lippes
reluisantes dans le poil et c'était ce petit homme à
moitié chauve qui suçait cela en se tournant de temps
en temps vers lui pour lui faire un clin d'œil ignoble,
et il dit aussi *r'garde ça j'vas la fourrer comme elle a jamais été
fourrée y était temps que je m'en occupe c'est un homme que ça lui
prend elle a pas besoin d'un p'tit maudit chien comme toi ! t'es
juste bon pour tuer des serins !...* et il eut peur qu'il ne se
lève et qu'il ne s'approche de lui pour le battre avec
ses mains dures, il avait hideusement peur, il marchait
dans les ténèbres, la nuit épaisse avait tout absorbé,
quelque chose de monstrueux avait léché toutes les
lumières du ciel, à présent il était tout nu, il s'était
remis à courir, il lui semblait qu'il courait depuis très
longtemps le long de la route où d'immenses véhicules
bolides grondaient, qu'il courait depuis des années et
des années, depuis une éternité parfaitement vertigineuse, et soudain il aperçut devant lui des bars dont
les enseignes s'allumaient et s'éteignaient et il se
disait il faut que je le fasse avant qu'il ne sorte, il se
souvenait d'avoir laissé quelque part le long de cette
route, dans le noir de la nuit, une vieille voiture garée
dans le terrain de stationnement d'un bar et qui
contenait un enfant endormi, il fallait s'éloigner de
cela au plus vite, et il courait maintenant à fond de
train, dans le rugissement affolant de la circulation
qui filait de chaque côté de lui, et il pensa mon Dieu
mais qu'est-ce que je fous en plein milieu de la route ?
et il se précipita à sa gauche en criant *j'arrive j'arrive
j'arrive !...* il eut juste le temps de le voir qui fonçait, le
camion géant était déjà sur lui, roulant comme une

montagne de métal, ébranlant tout du tonnerre de son moteur, il vit son capot rouge vif tout reluisant, ses phares aveuglants, sa calandre chromée, ses roues énormes, et il comprit qu'il était trop tard et qu'il était perdu et il ouvrit la bouche pour hurler...

Il se dressa sur sa couchette. Il était sûr d'avoir crié. Il était en sueur et il pouvait presque voir son cœur faire bouger sa chemise. Dans la cellule blanche, tout était mort, le silence continuait à lui vriller les oreilles. À sa montre, il était près de minuit. Et il était un peu plus tard quand il s'aperçut qu'il s'était mis à gémir. Pas fort, à peine plus qu'un souffle... Il ne voulait pas, ça avait lieu malgré lui... ça échappait à son contrôle, ça montait du fond de lui, c'était un enfant qui avait mal, ou même pas, plus loin encore, parmi les nœuds et les ligatures qui lui serraient l'âme, c'était un être immonde qui se plaignait, une entité primitive, rudimentaire, à peine ébauchée qui faisait cela. Et il frissonnait. Pas des frissons ordinaires, comme quelqu'un qui est grippé et qui grelotte, non, ça ne ressemblait même pas un peu à ça : c'était en réalité une trémulation profonde qui lui venait du milieu du ventre, ou de quelque part vers le plexus solaire, ça partait des entrailles de l'animal, il n'y pouvait rien. Il tremblait horriblement, si bien qu'il eut du mal à déboutonner sa chemise.

Sans vraiment s'en apercevoir, il se déshabilla complètement. Il était tout nu dans la cellule et, à présent, il tremblait aussi parce qu'il avait froid. Il avait l'impression de patauger encore dans son cauchemar. Rien n'était changé : la même atmosphère sordide, étouffante, nauséabonde, cette sensation presque physique d'être une sorte de poubelle, tout rempli de cochonneries. La saleté, l'ordure. La nullité aussi. Il avait conscience de cela. Il avait tordu sa chemise, en faisant deux nœuds vers le milieu pour que ça tienne et que ça forme un genre de corde. Grimpant sur le coin de la couchette, il noua un bout de ce câble à la traverse supérieure de la grille. Puis, comme un automate, il s'attacha l'autre bout autour du cou. Ça lui laissait peu de corde, à peu près six pouces. Ses pieds seraient loin du sol. Bon. Et il n'y aurait plus de rémission une fois que.

Alors il attendit. Du temps passa : c'est-à-dire qu'il lui semblait seulement qu'il s'enfonçait dans le temps comme un train dans un tunnel. Rien que cela. Cela et la sensation de la corde autour de son cou. Il n'avait pas peur. Il ne se sentait pas désespéré non plus, mais vide et fatigué. Il ne bougeait pas, pas encore, nu et grelottant, debout sur le coin de la couchette, ne pensant vraisemblablement à rien, incapable de s'accrocher à quoi que ce fût — sauf à cette grille où, dans un ultime soubresaut de son imagination, il se voyait pendiller, violacé, avec une langue informe et noirâtre qui lui sortait de la bouche, comme Liliane dans le rêve (ou était-ce dans la réalité ?), pendu grimaçant, sans doute en érection et lâchant à terre toute son urine et tout le contenu de ses tripes ce serait écœurant ! et peut-être aussi éjaculant, déchargeant dans un dernier spasme, comme un salut burlesque, un adieu à la vie, sa semence stérile qui irait se mélanger à l'urine et au caca — , et il se sentait radicalement annulé, rayé de toutes les listes imaginables, indigne même d'avoir son nom sur une pierre tombale, dépouillé de son histoire comme s'il n'avait jamais existé, effacé de partout et jusque de sa propre mémoire... Insignifiant et spasmodique il restait là, sachant tout de même, quelque part dans cette profusion d'organes qui glouglouchaient vibraient pulsaient en lui — le sachant ailleurs que dans sa tête, par une sorte de pensée totale et absolue — , sachant qu'il était en ce moment tout à fait caricatural, avec son membre et son sac mollasses et fripés qui s'étiraient dans son entrejambes comme de la peau de poulet cru, suicidaire absurde et laid, affublé de cette corde ridicule autour du cou (éprouvant aussi une étrange et sourde jouissance à le savoir), jouant le grand jeu de la mort et se donnant en spectacle pour soi seul.

Il attendit longtemps, dans le silence tout juste souligné par son gémissement qui sortait de lui de temps à autre. Il avait fermé les yeux (en fait, il avait tout fermé, comme un homme qui va partir pour un long voyage ferme le gaz, éteint les lumières et s'assure que les robinets ne coulent pas; il était hermétique par en dedans, et il y faisait nuit noire).

Puis il y eut un bruit — et il se rendit compte qu'il attendait là depuis une éternité... sans sa montre, qui était restée à terre avec ses vêtements, il ne pouvait pas savoir... et puis il s'en foutait... Un bruit. Presque rien. Mais dans le bureau, à côté, quelqu'un n'avait-il pas déplacé une chaise?... On avait marché?... Il écouta intensément. Tout ce qui lui restait de raison — et peut-être de vie — était pour ainsi dire concentré dans ses oreilles. Immobile mais grelottant encore par à-coups, il écouta tant que le bruit ne se reproduisit pas, retenant son souffle, sans gémir à présent, tout entier tendu vers cette porte close de l'autre côté de la grille. Puis il entendit encore du bruit, et il fut certain qu'il y avait quelqu'un dans le bureau et qu'il n'était pas seul.

Ça y est! murmura-t-il (c'est-à-dire que sa bouche le faisait, formait toute seule les mots comme une litanie), *ça y est, ça y est, ça y est!* Et avec un hurlement sauvage il se lâcha dans le vide. Ses pieds heurtèrent les barreaux d'acier, dans un fracas d'explosion, lui sembla-t-il, tandis qu'une douleur foudroyante, absolument inconcevable, le poignait dans le cou, lui tordait la nuque et lui écrasait la gorge, pendant que le sang lui emplissait la tête et qu'il pouvait sentir sa langue qui sortait de sa bouche. Il ne pouvait plus respirer, tout était noir et il crut qu'il éclatait, que comme un bouchon de champagne sa tête pétait pchttt! Il avait conscience que ses mains voulaient attraper les barreaux et que ses pieds cherchaient fébrilement à se poser sur la traverse inférieure. Mais il ne se passait plus rien, il sombrait pour de bon. En un éclair il comprit, ou la bête en lui comprit que ses mains et ses pieds étaient maintenant à une distance incommensurable de lui et que jamais il n'arriverait à s'en servir. Il chutait dans un abîme de ténèbres, il se balançait vertigineusement comète au bout de son fil d'argent, comme un pendule flamboyant dans les espaces de nuit éternelle trouée de constellations, des soleils lui sautaient à la figure, ah! c'était donc cela, la mort! il se dissolvait dans le Rien, il ne surnageait plus de lui qu'une mince lueur de conscience offusquée et incrédule, l'obscure conviction que ce n'était pas ainsi que cela aurait dû arriver, il y avait eu maldonne!

il pouvait encore vivre !... puis même cela glissa hors de sa portée, et brusquement ce fut la paix et le grand silence dans ces paysages d'étoiles aveuglantes et de gueules de ténèbres vomissantes où il s'écoulait lui-même comme le temps qui s'échappait de son cœur, et il cessa de sentir qu'il mourait.

ÉPILOGUE

Comme le sergent Primeau s'apprêtait à refermer la porte, elle eut un geste pour le retenir.

— Attendez encore un peu, dit-elle.

Il s'effaça pour la laisser s'approcher de nouveau de la grille. À travers les barreaux, elle pouvait le voir, dans l'éclairage cru de la cellule. Il était étendu sur la couchette. On avait jeté un drap sur lui, qui le couvrait jusqu'aux épaules. Il avait le visage cireux. Sous son menton, elle put encore distinguer des ecchymoses violacées, assez vilaines à voir ; il avait aussi une rougeur sous l'oreille.

— Vraiment rien à faire pour le réveiller ? demanda-t-elle au policier.

— Pensez-vous ! Le docteur lui a flanqué une piqûre... Une vraie de vraie... Pas de danger qu'il se réveille avant plusieurs heures... De toute façon, je pense qu'il est aussi bien de dormir...

— Il me reconnaîtrait, dit-elle en rejetant en arrière ses longs cheveux noirs. Je suis sûre que moi, il me reconnaîtrait.

— Excusez-moi de vous contredire, fit le sergent, mais ça m'étonnerait.

Il allait refermer la porte. Mais, apercevant les ambulanciers qui arrivaient, il leur fit signe d'approcher ; et il déverrouilla la grille de la cellule.

— Venez, madame, dit-il doucement en la prenant par le bras ; je pense qu'on ferait bien de s'enlever du chemin.

Elle le suivit un peu plus loin, dans une vaste pièce qui contenait trois bureaux. Derrière l'un d'eux, une jeune secrétaire blonde était absorbée dans la manipulation d'un petit ordinateur. Tandis qu'il s'asseyait derrière un lourd bureau de chêne tout égratigné, elle continua de faire les cent pas. Il avait pris un formulaire dans un tiroir, et il commençait à le remplir.

— Vous auriez dû me téléphoner plus tôt, fit-elle en s'arrêtant devant lui. Je serais venue tout de suite. Et ça serait pas arrivé...

— Ben, vous savez, on a fait ce qu'on a pu. On pouvait pas savoir qu'il ferait ça... Votre nom, c'est bien Liliane Wilson ? demanda-t-il en écrivant — et comme elle approuvait de la tête, il reprit après un silence :... Moi, ça fait quasiment vingt ans que je suis dans la police, voyez-vous. Pis c'est la première fois qu'une affaire comme ça m'arrive... On a beau leur enlever leur ceinture, leurs lacets... Imaginez ! Faire une corde avec sa chemise... On est toujours pas pour les mettre tout nus dans la cellule, bonyieu!... Une chance que le constable Bleau, qui faisait le service de nuit, a entendu du bruit et qu'il est allé voir... Parce que la chemise de votre copain, elle était en tissu synthétique, et ça tenait solide... Une minute plus tard, peut-être moins, pis ça venait de finir... Ou bien la chemise aurait fini par déchirer... On sait pas... Vous savez qu'on a eu toutes les misères du monde à le ranimer. Il réagissait même pas à l'oxygène qu'on lui donnait... Pis, tout d'un coup, il s'est mis à respirer... On peut dire qu'il est passé proche...

— Où est-ce que je dois signer ? dit-elle en prenant le formulaire qu'il lui tendait machinalement, tout en parlant.

— Ici, en bas. Comme quoi vous l'avez formellement identifié... parce que les papiers qu'il avait sur lui, ça veut pas dire grand-chose, il aurait pu les avoir volés... En tout cas, remarquez que ça vaut mieux que d'aller identifier un corps à la morgue... Oh, pardon...

— Au fond, tout ça me surprend pas tellement, murmura Liliane en lui rendant le formulaire.

— Vous voulez dire qu'il avait déjà menacé de se suicider ? demanda le sergent en jetant un coup d'œil du côté de la cellule où s'affairaient les ambulanciers.

— Non, non... Une impression... Vous comprenez, moi, j'ai quand même eu l'occasion de le connaître pas mal...

— Justement, fit le policier en claquant des doigts, j'allais oublier de vous dire... Quand on a réussi à le ranimer, il en menait pas large... Il était en pleine crise... Je vous avais dit ça ?... Complètement capoté, le p'tit gars. Pis il parlait tout le temps de vous... Il délirait, ou quelque chose comme ça... Il disait qu'il vous avait tuée, qu'il vous avait tordu le cou... comment qu'il disait ? ah oui ! qu'il vous avait tordu le cou comme à un vulgaire serin... On avait beau lui dire qu'on vous avait rejointe au téléphone, il avait même pas l'air d'entendre... Il vous voyait apparaître devant lui, il faisait des grands gestes, pis il parlait aussi de son père, je sais pas trop... En tout cas, il s'est mis à hurler comme un perdu, jusqu'au moment où le docteur lui a fait une piqûre pour l'endormir...

— Non... ça, je comprends pas... Je sais bien qu'avant-hier soir on s'était un peu chamaillés... Mais ça arrivait souvent... Je vois pas pourquoi... De toute façon, ajouta-t-elle avec un peu de rougeur aux joues, je peux bien vous le dire, on était sur le point de se séparer... Ça marchait plus tellement bien entre nous...

— Des choses qui arrivent, dit-il pour dire quelque chose.

— Il était sorti dans la soirée avec ça, poursuivit-elle en désignant du doigt le poignard de Bernard qu'on avait mis sur un coin du bureau avec le contenu de ses poches. Puis il est revenu, vers deux heures, il me semble. Il était bizarre... Maintenant que j'y repense, je suis sûre que déjà, à ce moment-là, il en perdait des bouts... Il était un peu comme un somnambule... On s'est disputés... À un moment donné, il s'est mis à crier des choses incompréhensibles, il était comme fou... Des mots sans queue ni tête... Moi, je me disais que ça allait passer... Puis il m'a prise par les bras, il me brassait en hurlant. J'avoue que là, j'ai eu peur... Il me faisait mal, il me serrait fort... Je me suis dégagée, et je me suis mise à l'engueuler comme du poisson pourri... Parce que j'ai pas la langue dans ma poche... Puis il m'a flanqué une claque en plein visage et il est sorti... Je l'ai plus revu jusqu'à aujourd'hui...

— Le monde est drôle, des fois, dit en secouant la tête un gros constable moustachu qui avait dû entrer par l'autre porte du bureau et qui se tenait derrière elle. Moi, j'ai connu un gars comme ça, qui s'est pendu dans un coin de son sous-sol parce que sa blonde...

Il s'interrompit pour aller déplacer une chaise qui gênait le passage des ambulanciers. Ils l'emportaient sur une civière.

— Ils vont à Saint-Hyacinthe ? demanda-t-elle.

— Oui, fit le sergent Primeau, le docteur a dit qu'il fallait l'interner. Comme je vous expliquais tout à l'heure, il est complètement capoté... Pis le docteur dit que c'est pas près de s'arranger... Écoutez !... Il sait même plus qui il est... De toute façon, c'est l'affaire des spécialistes... Les psychiatres, pis toute la patente... Nous autres, on va aller le mener là-bas, pis on va voir s'il y a des suites à donner à son affaire... Au fond, y a pas fait grand-chose... Rien que l'histoire du poignard ; mais s'il était pas dans son état normal... Faudrait que le bonhomme Riopelle retire sa plainte.

Les ambulanciers sortaient avec la civière. Le gros constable leur tenait la porte.

— Bon, dit Liliane, je pense que c'est fini. Si vous avez plus rien à me demander, je vais m'en aller...

Déjà, coupant court aux salutations, elle montait dans l'escalier, sur les talons des ambulanciers. Elle sortit dans le petit matin. Il faisait bleu et sec. La montagne était bleue aussi ; on pouvait sentir que la période de mauvais temps était terminée. Un coup de vent tiède souleva ses cheveux ; elle respira profondément, puis elle s'approcha pour le regarder une dernière fois pendant qu'ils le chargeaient dans l'ambulance. Il dormait, le visage blême, paisible, presque sans respirer. Il avait l'air d'un cadavre qu'on mène au cimetière.

Saint-Hilaire
1982–1984

DANS LA MÊME COLLECTION

COMPOSÉ AUX ATELIERS
GRAPHITI BARBEAU, TREMBLAY INC.
À SAINT-GEORGES-DE-BEAUCE

Achevé d'imprimer
en octobre mil neuf cent quatre-vingt-quatre
sur les presses de l'Imprimerie Gagné Ltée
Louiseville - Montréal.
Imprimé au Canada

Ville de Montréal

Mu

**Feuillet
de circulation**

À rendre le

-3 JUIL '04		

06.03.375-8 (01-03) ✪